本册主编 陈紫茜

小磨诗坊

丛书主编 王兆鹏

爱情

长江出版传媒 | 崇文书局

人生自是有情痴

序

王兆鹏

《小磨诗坊》特点在“小”。

小主题。常见诗歌分类选本，多以大主题分，如山水诗选、咏物诗选之类。本丛书是按小主题来梳理切分，一种景物分作一题，一种情感归为一类，聚集呈现。一册在手，可以窥知不同时代、不同作者、不同诗体对同一主题的表现。欣赏者可藉此比较领悟同一主题的不同风格韵致，创作者可揣摩学习同一景物情感的不同表现方式与写作路径。

小规模。每本10万字。可以燃香烹茶，正襟危坐地细细品读，也可以在茶余饭后的碎片化时间里快速浏览。一种主题的流衍变化和N种风情，很快就能了然于心。

小作者。丛书的作者基本都是刚入行的名校硕士、博士，属“才露尖尖角”的“小荷”。虽然算不上名家高手，却充溢着青春才子才女们的朝气、才气、灵气，文笔灵动，话语鲜活，有学理性而无学究气。

《小磨诗坊》特色是“精”。

选目精粹。每书所选诗篇词什，都是在广搜博览的基础上几经汰选而成。切合主题的名篇佳作方能入选。故所选作品，多为百里挑一的精品。

赏析精到。作品鉴赏，既不同于传统的一板正经，如教科书般条分缕析，学术性强而可读性弱；也区别于新潮的天马行空，文笔虽妙，却不着边际，有可读性而无学术性。本丛书坚守学术本位，充分发挥每位作者的灵心慧性，将个体的生活经验、艺术感悟与迁想妙得有机融合，入乎其内又出乎其外，诗心诗境诗法诗艺，拿捏得精准到位。

制作精良。作者团队精心结撰，编辑团队也是细心打磨。如同小作坊制作工艺品，字斟句酌，刮垢磨光，力图打造一部部精品。然能否成为精品，有待高明读者的评鉴印可。

前言

陈紫茜

自有人类社会起，爱情，就是至上的感情，永恒的话题，她是这世间最美好的存在，是最无瑕的感情。试想，于千万年的时光中，无数形形色色的人中，两个本无关系的人相遇了，或许只是因为回眸一眼，便是金风玉露。卓文君的酒里，酿的是《凤求凰》的调，流的是《白头吟》里"愿得一心人，白头不相离"的愿；李白的酒里，不只有那一片盛唐气象，还有"相思苦"，有"尘与灰"。古往今来，情之一字，萦绕在每一个诗人的心头。诗人，往往是至情之人，只有至情，才能看到这世间悲欢离合之后的人心，才能用一种悲悯的眼光，对待生命中遇到的一切，才能感受飞雨落花的悲戚、月上柳梢的风韵。何为至情至性之人？离不开一个"痴"字，由此一字，便生发出了其他许许多多的情绪，嗔、怨、念、恋，无一不是出自痴情。这本书，便是以爱情为主题而编写的。

自先秦始，爱情就是诗歌的重要题材，那个时候没有桂华流瓦，画栋朱帘，有的只是一片闲云，一轮皎月，萋萋芳草。浪漫，或许是人与生俱来的特质，就是在这一片萋萋芳草中，流转出一抔若有还无的神韵，抒发的却是最直接的感情。《诗经》，作为中国历史上第一部诗歌总集，其中包含了大量描写先秦时期男女之间的爱情的作品，而这些诗篇，都只是流传于民间的民歌罢了，所谓人间白首，地上银河，这是最普通却最深刻的情感。

《诗经》的语言没有后世诗歌那样华丽，它质朴、简单，清、刚、纯、雅，清明可鉴，正如其表达出的感情一样，纤尘不染。“蒹葭苍苍，白露为霜。所谓伊人，在水一方。”这种起兴的方式影响了后代无数的诗人，诗人们看到春草，看到明月，想到恋人，想到团圆，李白就在这样的影响下写了“燕草如碧丝”。谁能想到，“如隔三秋”这样的思念从那遥远的先秦传到了今天，“彼采艾兮，一日不见，如三岁兮”，这样的相思之情流传在历代诗人的诗词之中。

翻开爱情的诗卷，爱情使人“辗转反侧”，“为谁风露立中宵”；爱情敢与天地争寿，“天地合，乃敢与君绝！”在选篇中，我选择了不少吐露相思之情的诗词，这些诗词中，或是情人离家未还，或是在外的游子思念妻子。离别相思固然是苦涩的，然而从这苦涩中若能品出些爱情的甜蜜真挚，也不枉这些诗篇历经千百年的风烟，出现于我们眼前，这也正是我所认为的爱情诗词存在的意义之一。千年前的等待是无比漫长的，却也是无比浪漫和喜悦的。想象那些日子里，恋人出门，最快也就是骑着马了，这思念只能搁在心里，写在那无意间压了片桃花的纸上，屋檐下望穿秋水，盼望着“云中谁寄锦书来”。而如今，高铁飞机，日行千里，即便你是在大洋彼岸，网络也能在第一时间将你和心上人联系在一起，哪里会有什么时间留给相思？“陌上花开，可缓缓归矣”，如今看到花草繁盛，有多少人能想到千里外的他（她）呢?

写下这篇序文时，正是2017年农历七月初七晚，牛郎织女一年一度相会的日子，似乎颇为应景。仰头看了看窗外因为阴雨而暗沉沉的天空，无星无月，更没有什么鹊桥银河，转念一想，牛郎织女只得在今天相见，如今的人却把这样一天当作“情人节”来过，似乎又不是那么合适了。

牛郎织女的故事已经流传了太久，王母娘娘划了一道银河，便有了七月初七的鹊桥，似乎古往今来的爱情故事都是这般，读者刚要忍不住掩面，突然又有了转机，于是像西方的王子公主的结局一样了。然而人间的爱怨嗔痴没有王母，也没有仙雀，在这些诗篇中，多的是一往情深却求而不得，多的是相濡以沫却阴阳相隔，读来令人不胜唏嘘。我是一个偏好悲剧的人，在选择篇目时，我的原则是“动容”，那些深情的诗句能让你的表情变得悲悯，变得沉重。回忆这短时间的细读，我眼前看过了各式各样的悲欢离合，虽然跨越了时空，却能感同身受地体会到人物的心情，同悲同喜。纳兰性德的“当时只道是寻常”，一度使我心痛难言，不能下笔。想来我这粗鄙之见，必然是难以窥得情之真谛，仅在这几行文字中，为他人泪流满面罢。

目录

诗

行行重行行　汉·佚名　二四
车遥遥篇　西晋·傅玄　二二
浮萍篇　魏晋·曹植　二〇
穆穆清风至　汉·佚名　一八
上邪　汉·佚名　一六
留别妻　西汉·苏武　一四
白头吟　西汉·卓文君　一二
越人歌　春秋·佚名　一〇
诗经·郑风·子衿　先秦·佚名　八
诗经·邶风·静女　先秦·佚名　六
诗经·秦风·蒹葭　先秦·佚名　四
诗经·周南·关雎　先秦·佚名　二

采莲曲　唐·李白　四八
春思　唐·李白　四六
秋风词　唐·李白　四四
杂诗三首（其二）　唐·王维　四二
相思　唐·王维　四〇
春宫曲　唐·王昌龄　三八
闺怨　唐·王昌龄　三六
望月怀远　唐·张九龄　三四
杂诗三首（其三）　唐·沈佺期　三二
如意娘　唐·武则天　三〇
冉冉孤生竹　汉·佚名　二八
涉江采芙蓉　汉·佚名　二六

唐·白居易
七四 燕子楼诗三首（其二） 唐·张仲素
唐·白居易
七〇 燕子楼诗三首（其一） 唐·张仲素
六八 踏歌词四首（其一） 唐·刘禹锡
六六 柳枝词 唐·刘禹锡
六四 竹枝词（其一） 唐·刘禹锡
六二 写情 唐·李益
六〇 听筝 唐·李端
五八 相思曲 唐·戴叔伦
五六 月夜 唐·杜甫
五四 谢赐珍珠 唐·江采萍
五〇 长干行（其一） 唐·李白

九八	南歌子词二首（其二）	唐·温庭筠
九六	秋夕	唐·杜牧
九四	赠别二首（其一）	唐·杜牧
九二	楼上女儿曲	唐·卢仝
九〇	有所思	唐·卢仝
八八	苏小小墓	唐·李贺
八六	赠去婢	唐·崔郊
八四	离思五首（其四）	唐·元稹
八二	遣悲怀三首（其一）	唐·元稹
七八	题都城南庄	唐·崔护
		唐·白居易
七六	燕子楼诗三首（其三）	唐·张仲素

一一八 绮怀十六首（其十五） 清·黄景仁
一一六 马嵬 清·袁枚
一一四 怨 明·冯小青
一一二 落花 宋·宋祁
一一〇 寄人 后蜀·张泌
一〇八 江陵愁望寄子安 唐·鱼玄机
一〇六 冬夜寄温飞卿 唐·鱼玄机
一〇四 无题二首（其二） 唐·李商隐
一〇〇 无题 唐·李商隐

词

一四八 采莲令·月华收 宋·柳永
一四六 雨霖铃·寒蝉凄切 宋·柳永
一四四 蝶恋花 宋·柳永
一四二 长相思 宋·林逋
一四〇 生查子 五代·牛希济
一三八 诉衷情 五代·顾夐
一三六 菩萨蛮 唐·无名氏
一三四 菩萨蛮五首（其一） 唐·韦庄
一三二 荷叶杯 唐·韦庄
一三〇 女冠子二首（其一） 唐·韦庄
一二六 更漏子 唐·温庭筠
一二四 长相思·汴水流 唐·白居易
一二二 浪淘沙 唐·白居易

一八〇 鹧鸪天 宋·晏几道
一七六 江城子·乙卯正月二十日夜记梦 宋·苏轼
一七四 水龙吟·次韵章质夫杨花词 宋·苏轼
一七二 蝶恋花 宋·苏轼
一七〇 西江月 宋·司马光
一六八 凤箫吟 宋·韩缜
一六四 踏莎行 宋·欧阳修
一六二 玉楼春 宋·欧阳修
一六〇 蝶恋花 宋·欧阳修
一五八 生查子·元夕 宋·欧阳修
一五六 木兰花·春恨 宋·晏殊
一五二 木兰花 宋·晏殊
一五〇 一丛花令 宋·张先

鹧鸪天·代人赋 宋·辛弃疾 二一〇
钗头凤 宋·唐婉 二〇六
钗头凤 宋·陆游 二〇二
浣溪沙·闺情 宋·李清照 二〇〇
八六子 宋·秦观 一九八
鹊桥仙 宋·秦观 一九六
卜算子 宋·李之仪 一九四
卜算子·答施 宋·乐婉 一九二
青门饮·寄宠人 宋·时彦 一九〇
鹧鸪天·寄李之问 宋·聂胜琼 一八八
临江仙·斗草阶前初见 宋·晏几道 一八六
清平乐 宋·晏几道 一八四
临江仙 宋·晏几道 一八二

青玉案·元夕　宋·辛弃疾　二一二
清平乐　宋·辛弃疾　二一六
鹧鸪天·元夕有所梦　宋·姜夔　二一八
蝶恋花·春暮　宋·李冠　二二二
摸鱼儿·雁丘词　金·元好问　二二四
鹧鸪天　金·元好问　二二八
忆少年　清·朱彝尊　二三〇
浣溪沙　清·纳兰性德　二三二
蝶恋花　清·纳兰性德　二三六

诗

小磨诗坊·爱情

诗经·周南·关雎

先秦·佚名

关关雎鸠，在河之洲。
窈窕淑女，君子好逑。

参差荇菜，左右流之。
窈窕淑女，寤寐求之。

求之不得，寤寐思服。
悠哉悠哉，辗转反侧。

参差荇菜，左右采之。
窈窕淑女，琴瑟友之。

参差荇菜，左右芼之。
窈窕淑女，钟鼓乐之。

| 辑 评 |

[宋] 朱熹《诗集传》："孔子曰：'《关雎》乐而不淫，哀而不伤。'愚谓此言为此诗者，得其性情之正，声气之和也。"

赏读

《关雎》出自《国风·周南》，是《诗经》中的第一首诗。“周南”是指今河南西南部及湖北西北部一带，这首诗就是这一带的民歌。《毛诗序》中说：“《关雎》，后妃之德也。”认为《关雎》是称赞后妃之德的风化之作，用以风正天下夫妇。但是这首诗所描写的是男子追求心爱的女子，是一首情爱诗的形态。

“关关”是象声词，形容雎鸠的叫声，鸟在水中小洲鸣叫，让人联想到动物求偶，兴句已暗含了全篇主题。“好逑”指好的配偶，美丽贤良的女子，是君子的好配偶。既是好的配偶，自然要奋力追求。参差不齐的荇菜，时而向左，时而向右地去拨动它、摘取它、挑选它。不断重复水中摘取荇菜的动作，暗喻男子对女子的奋力追求。“寤”指醒着，“寐”指入睡。无论醒着还是入眠，日出还是日落，都想追求她，求而不得，又日日夜夜辗转难眠。“悠哉悠哉，辗转反侧”将一位陷入单相思的男子形象生动地刻画出来，情痴情深，心中矛盾痛苦，不知道如何取得对方的欢心，故而难以入睡。追求到了之后，那便“琴瑟友之”“钟鼓乐之”，以音乐表达心中欢欣。求而不得时辗转反侧，结成眷侣时礼以琴瑟钟鼓，不激烈，不越礼，代表了中庸和谐，故而有倡导夫妇之德的社会意义。

这首诗以雎鸠相和兴淑女君子，以采摘荇菜兴追求淑女，寄托深远，言尽意余。

诗经·秦风·蒹葭

先秦·佚名

蒹葭苍苍，白露为霜。
所谓伊人，在水一方。
溯洄从之，道阻且长。
溯游从之，宛在水中央。

蒹葭萋萋，白露未晞。
所谓伊人，在水之湄。
溯洄从之，道阻且跻。
溯游从之，宛在水中坻。

蒹葭采采，白露未已。
所谓伊人，在水之涘。
溯洄从之，道阻且右。
溯游从之，宛在水中沚。

| 辑 评 |

［清］方玉润《诗经原始》："此诗在《秦风》中，气味绝不相类。以好战乐斗之邦，忽遇高超远举之作，可谓鹤立鸡群，翛然自异者矣。"

赏 读

《蒹葭》出自《国风·秦风》，是秦国的民间诗歌。对于这首诗的诗旨，历来有不同的观点。《毛诗注疏》中说：“《蒹葭》，刺襄公也。未能用周礼，将无以固其国焉”，认为这首诗是讽刺秦襄公未用周礼以固国本。《诗经通论》中说：“此自是贤人隐居水滨，而人慕而思见之诗”，认为这首诗描写贤人隐居而难得。现在通常认为这是一首爱情诗，表现所恋之人在水一方，缥缈难求。

这首诗以蒹葭朝露起兴，意境朦胧，暗示了女子的神秘。所追求的人啊，她就在水的一边。“在水一方”指在河的对岸，“在水之湄”“在水之涘”都指在岸边。我顺着河流上下寻找，无奈路途遥远，艰险困难，河水迂回曲折，可是那人她却仿佛在水中央，又仿佛在水中的小滩，又仿佛在水中的小洲。追寻之人并未看清女子身在何处，如梦似幻，无迹可寻。蒹葭、白露的意象使意境更加凄清，烘托了人物心中的迷茫惆怅。反复回环的句式和上下追寻相互衬托，“美人如花隔云端”，叠章重句使女子的形象仿佛笼罩于层层烟雾之中，也突出了主人公之热切追寻。这首诗的意义在于创造了“在水一方”的境界，有着深刻的人生象征意蕴，表现了人生中所追寻之物的缥缈朦胧，揭示了追求道路的艰难漫长。

诗经·邶风·静女

先秦·佚名

静女其姝，俟我于城隅。
爱而不见，搔首踟蹰。

静女其娈，贻我彤管。
彤管有炜，说怿女美。

自牧归荑，洵美且异。
匪女之为美，美人之贻。

| 辑 评 |

[唐] 孔颖达《毛诗正义》："三章皆是陈静女之美，欲以易今夫人也。庶辅赞于君，使之有道也。"

[宋] 朱熹《诗集传》："此淫奔期会之诗也。""彤管，未详何物，盖相赠以结殷勤之意耳。""（末章）言静女又赠我以荑，……特以美人之所赠，故其物亦美耳。"

赏读

《静女》出自《诗经·邶风》,《毛诗注疏》中说:"《静女》,刺时也。卫君无道,夫人无德。"毛诗和《诗经通论》都认为这是一首讽刺时事的诗,用来讽刺卫君荒淫无道。欧阳修《诗本义》认为"此乃述卫风俗男女淫奔之诗",已经接近于现代的理解,现代学者多认为这是一首青年男女之间的爱情诗,描写了一次美好的约会过程。

安静美好的女子在约好的城角等我,却又故意躲着不让我看见,急得我挠头又徘徊。"爱"是"薆"的假借字。意为隐蔽,躲藏。这两句生动地表现了青年男女之间的纯真感情,活灵活现。"娈"意为面容美好,这位女子面容姣好,送给我一只红彤管。彤管颜色鲜亮,我很喜爱它的美好。"炜"是指明亮的样子,"说怿"即为喜爱,"女"为汝,指彤管。你自野外采了荑送给我,实在是美得特别。并不是荑本身有多好看,是因为这是美人相赠。第二章所赠为彤管,男主人公只说它明亮美好,而第三章中所赠野草,却被赋予了独特的含义——"美人之贻"。这种爱屋及乌流露出主人公内心的真诚,同时也对应了第一章中"搔首踟蹰"的痴情,这是来自现实的真切体验,感情淳朴自然。

诗经·郑风·子衿

先秦·佚名

青青子衿，悠悠我心。
纵我不往，子宁不嗣音？

青青子佩，悠悠我思。
纵我不往，子宁不来？

挑兮达兮，在城阙兮。
一日不见，如三月兮。

赏读

《国风》中的诗歌作品堪称整个《诗经》中的精华，主要描述了华夏各地人民的日常生活，表达他们对所处环境的不平以及争取美好生活的信念。这首诗描写了女子对心上人的思念。全诗采用倒叙的手法，传神地描绘了女子的内心世界，情致深厚，意境优雅，成为后世人们争相传颂的佳作。

女子在城楼上举目远眺，尽是一片郁郁青葱。于是女子触目伤情，联想到她所思念的人。首句里，“衿”即“襟”，衣服的领子。“子”是古时对男子的尊称。“子衿”便是指代女子所思念的那个人。“悠悠”是指女子那种辗转反侧，绵长悠然的心绪，表述形象、巧妙、富有情致。下句发出提问，即便是我不去找你，你就不能传递音讯给我吗？“嗣”，通“贻”，给、寄的意思。这样带有责备意味的提问正体现了女子内心的哀怨。

下文又以“青青”提起，还是以男子身上的衣物来指代其人，“悠悠我思”与上句中的“悠悠我心”是一样的意思，这种重词叠句的运用，在诗句的韵律和风格上有其独特的艺术表现力。而下继续发问，我不去找你，你就不能来找我吗？进一步加强情感的抒发。末了转而言说自己。“挑”“达”，意为徘徊走动，用在这里可谓神形兼具，风致全出。女子在城楼上来回张望，尽显她所含思念之深。古有“一日不见，如隔三秋”来形容人的改变之快，这里用“一日不见，如三月兮”来表现女子思念悠长，情深义重。“三月”既是言说思念之长，也是通过与“一日”的对比，突显其人的情感深度。

这首诗传达出了女子追求爱情平等自由的思想观念，这在古时的文学作品中是比较少见的。

越人歌

春秋·佚名

今夕何夕兮，搴舟中流。
今日何日兮，得与王子同舟。
蒙羞被好兮，不訾诟耻。
心几烦而不绝兮，得知王子。
山有木兮木有枝，心悦君兮君不知。

|辑 评|

[宋]朱熹《楚辞集注》:“《越人歌》者，楚王之弟鄂君泛舟于新波之中，榜枻越人拥棹而歌此词。其义鄙亵不足言，特以其自越而楚，不学而得其余韵，且于周太师六诗之所谓兴者，亦有契焉。知声诗之体，古今共贯，胡、越一家，有非人之所能为者，是以不得以其远且贱而遗之也。”

赏读

《越人歌》是春秋时期的一首民歌，最早收录于《说苑》中。《越人歌》是我国古代历史上第一首译诗，描绘了不同地区、不同身份的人们之间和谐共处、互生爱慕的情形和对此所抱有的寄愿。据《史记·楚世家》记载，楚灵王十二年（前529），子比政变自立，封其弟子皙为令尹。子皙在其封地鄂舟游之时，越人前来盛会献歌，一位懂得楚语的越人给子皙翻译出了这首《越人歌》，将其感动，后流传开来。另有说法认为该诗体现了楚大夫庄辛与襄成君的难言情愫。

前两句描写了女子与王子相见，共泛轻舟的情景。在越人地区的山林溪流间，少女与公子相遇、相识，进而成为朋友，一同舟游。女子的心情既雀跃又纷杂：今夕何夕，今日何日。明知而故问，是对内心的掩饰，亦是对明日的烦忧。

中间两句进一步抒写女子的思绪，王子不嫌厌自己的鄙陋，这让女子深感羞愧而又暗含喜悦。她杂乱的思绪难以平静，这一切都是因为能和王子相识。末句用“比”的手法对比展现。山林草木之事，都是自然之理，容易理解。然而人与人之间的情感，则难以辨别，导致人生中处处是希望和遗憾，光影交错，明暗并存。

这首诗带有先秦时期民歌的独特风貌，语言自然优美，自成一气，充满古朴的浪漫主义文风。

白头吟

西汉·卓文君（前 175—前 121）

皑如山上雪，皎若云间月。
闻君有两意，故来相决绝。
今日斗酒会，明旦沟水头。
躞蹀御沟上，沟水东西流。
凄凄复凄凄，嫁娶不须啼。
愿得一心人，白头不相离。
竹竿何袅袅，鱼尾何簁簁！
男儿重意气，何用钱刀为！

|辑 评|

[明] 徐师曾："其格韵不凡，托意婉切，殊可讽咏。后世多有拟作，方其简古，未有能过之者。"

[明] 王夫之《古诗评选》："亦雅亦宕，乐府绝唱。"

赏读

卓文君是西汉时期的才女，出身巨商之家，通音律，能作文，容貌美丽。十七岁的卓文君在守寡期间与司马相如相识，一曲《凤求凰》让卓文君对司马相如一见倾心。二人相恋后私奔，卓文君与家徒四壁的司马相如共同生活了几年，得势后的司马相如欲娶茂陵的一个女子做妾。卓文君便写了这首《白头吟》。司马相如在看到这首诗后，深受震撼，就打消了纳妾的念头。

首句以“雪”和“月”比兴，这两者皆具有女性一般柔美纯洁的特质，表现出女主人公对于纯洁爱情的坚持，也流露出女性作者独特的细腻和柔美。“今日”“明旦”，是卓文君不容犹疑的决绝。女主人公缓慢地徘徊在水边，看着自西向东的流水，仿佛是以往那些美好的生活一去不还，怅然有之，不舍有之。

前半部分是卓文君与司马相如诀别之语，哀婉温柔，后八句则是卓文君对于爱情的感悟之言，深情中见孤绝。自古女子出嫁，离别父母总让人感到伤心，可是如若是得到了一心为己之人相守白头，又怎么会哭泣呢？为情而柔，为情而刚，诗人对于坚贞的追求，哀而不伤，见弃不怨，同时决绝地表现出女性的尊严。“皎若云间月”，如此深沉开阔；“何用钱刀为”，如此深情重义，刻画出一个富有个性的弃妇形象。

留别妻

西汉·苏武（前140—前60）

结发为夫妻，恩爱两不疑。
欢娱在今夕，嬿婉及良时。
征夫怀远路，起视夜何其？
参辰皆已没，去去从此辞。
行役在战场，相见未有期。
握手一长叹，泪为生别滋。
努力爱春华，莫忘欢乐时。
生当复来归，死当长相思。

赏读

苏武，字子卿，杜陵（今陕西西安）人，代郡太守苏建之子。此诗传为苏武出使留别妻子所作，一说作者不详。这首诗讲述了即将出征的将士别妻远行的故事。整诗言语朴素，感情真挚，独有戍疆离情的悲凉气氛。

开篇描述主人公夫妇二人的夫妻生活，恩爱和睦，朝夕欢愉。与相爱的人一起度过的时光总是幸福而短暂的。结发为夫妻，还未共同经历多少美好时光，共享良辰好景，就不得不面临分离的命运。下文写丈夫出征前的离别场景。征夫思绪远行的道路，内心复杂，悲愤、忧思、无奈一并袭来，然其无暇多想，还要早早起行，看夜已几时，星辰落尽，已是上路时候，此行一去，不知何时能再相见。

与一般的离情别绪不同，此诗中描写的离别之情不似深闺女子思念远方情人的空幻，也不似亲朋好友相距两地的忧思，而是实实在在的生离死别之情。历史上有许多描绘将士征战在外，妻儿满怀忧思的诗词作品，往往都是“泣送征轮”。诗中生动叙述了两人的离别场景，行将前往战场，生死未可知，所以说“相见未有期”，握手长叹，尽是心酸无奈。临别挥泪，难叙深情。最后两句说出了离人的寄愿和决绝，是死生之间的誓言。劝解生人珍惜美好时光，勿忘往昔岁月。如若从战场生还，必当归家，若是葬身关外，也是留相思在心，永世不忘。

这首《留别妻》充分体现了作者对战争和人世离别的思考及态度。无数家庭被战争所伤，相爱之人两世相离。读来令人悲伤动容，也令人感叹。

上邪

汉·佚名

上邪，我欲与君相知，长命无绝衰。
山无陵，江水为竭。冬雷震震，夏雨雪。
天地合，乃敢与君绝。

|辑 评|

[清] 王先谦《汉铙歌释文笺证》："五者皆必无之事，则我之不能绝君明矣。"

[清] 张玉谷《古诗赏析》卷五："首三，正说，意言已尽，后五，反面竭力申说。如此，然后敢绝，是终不可绝也。迭用五事，两就地维说，两就天时说，直说到天地混合，一气赶落，不见堆垛，局奇笔横。"

赏读

《上邪》是一首汉代民间情歌，收录于汉乐府《鼓吹曲辞》，被胡应麟评价为“短章中神品”。虽是以女子口吻所作，然而全诗无一字显女儿之态，大气磅礴，大开大阖，具有极强的浪漫主义色彩，是古往今来写情之作中难得一见的惊人之作。

一句“上邪”，破空而来，“上邪”即是“天哪”，对天呼喊，引天为证，我欲与君相爱，此情无绝期。这三句毫无修饰的剖白已是力透山河，但炙热的感情似乎还表达得不够彻底，于是作者罗列了五种不可能发生的自然情况，来表现此情坚贞不渝。若要我与君诀别，除非山川成为平地，江水枯竭干涸，冬天里雷雨阵阵，夏日里天降大雪，直至天地合二为一，我才敢背离自己的誓言。

一反常识的五句话，正是强调了“与君绝”的不可能性。这五句短小质朴，却将天地山川尽数纳入，有混沌初开之感，却又挟洪荒之力。前两句写山水，是为地象，后两句写冬雷夏雪，是为天象，最后一句写到天地相合，此等布局，撼人心魄，笔力纵横，一气而成。

整首诗将一位情深志坚的女子形象铺展在眼前：她站在高山之上，眼前是河水汤汤，她感情炙热地对着天地立下誓言。她的想象就像她对于爱情的追求一样大胆，诗句虽短，字字千钧。

穆穆清风至

汉·佚名

穆穆清风至，吹我罗衣裾。
青袍似春草，草长条风舒。
朝登津梁山，褰裳望所思。
安得抱柱信，皎日以为期。

辑评

[清]吴兆宜《纪氏玉台考异引》："案下抱柱，山当作上。逯案。吴说是。津梁上。始与抱柱信呼应。若作津梁山，则互无关涉。又古诗存目谓玉台古本无此诗。"

赏读

乐府是汉代所建，为统治者收集民间诗歌的机构，后来这类诗被称为“乐府诗”，乐府诗表现的是汉代民间生活图景，表现普通民众的思想感情，多叙事诗。这首诗就是一首汉乐府民歌，描写了一位女子看到眼前春色，想起远方的恋人，是一首闺情诗。

古诗中常有见春色而起春思之作，例如李白《春思》：“燕草如碧丝，秦桑低绿枝。当君怀归日，是妾断肠时。”女子因燕草、秦桑想到远方的行人，这首诗的女主人公也是同样如此。春天的风如期而至，吹动我身上的罗裙，继而由自己身上的罗裙联想到远方行人所穿的青色长袍，思绪由眼前春风延展到远方。青袍是青色的，春草也是青色的，故而想到青草。“草长条风舒”一句应为虚实结合，青草随春风摆动，男子身上所穿长袍也在春风春草中飘动。这和《春思》中的联想不谋而合，皆是由眼前春景联想到他地景色，继而想到远方行人。早上登上此地，提起罗裙，望着远方。登高望远，是表达思念、期盼离人归家的习惯，并非真的能看到“所思”之人。尾生抱柱是一个讲述守信的典故，常常见于闺情诗中，这里是说怎么才能像守信用的尾生那样，按约定好的日子回来呢？这首诗因景起情，联想自然，首尾呼应。从“穆穆清风至”到“皎日以为期”，春天来临清风应时而至，而远方的人是否也能如期而归呢？

浮萍篇

魏晋·曹植（192—232）

浮萍寄清水，随风东西流。
结发辞严亲，来为君子仇。
恪勤在朝夕，无端获罪尤。
在昔蒙恩惠，和乐如瑟琴。
何意今摧颓，旷若商与参。
茱萸自有芳，不若桂与兰。
新人虽可爱，无若故所欢。
行云有返期，君恩傥中还。
慊慊仰天叹，愁心将何愬。
日月不恒处，人生忽若寓。
悲风来入怀，泪下如垂露。
发箧造裳衣，裁缝纨与素。

| 辑 评 |

[南朝] 谢灵运："天下才有一石，曹子建独占八斗。"

[南朝] 钟嵘《诗品》："骨气奇高，词彩华茂，情兼雅怨，体被文质，粲溢今古，卓尔不群。"

赏读

曹植，字子建，建安文学的代表人物与集大成者，其代表作有《洛神赋》《白马篇》《七哀诗》等。后人将他与曹操、曹丕合称为“三曹”。

《浮萍篇》为乐府诗歌中的相和歌辞，描述了女子如浮萍般飘忽不定的命运和对爱情不幸的悲怨。开篇以浮萍比女子，围绕该女子的情感经历生动地塑造了一个满怀哀怨、凄苦的女性形象，诗歌风格具有微婉之情、洒落之韵、抑扬顿挫之气。

飘落的浮萍无依无靠，乱洒于清水之上，然此种寄予也只是暂居一时。秋风一起，无处扎根的浮萍就如风中的花絮，随水流散而去。诗中女子的命运正如这零落的浮萍，年少结发，告别旧亲，与男子结为伴侣。然而命运辗转漂泊，无法预料，一方痴情依旧而君心却不再。女子勤俭持家，朝夕劳作，却被无端指责。曾经的夫妻二人好似琴瑟相鸣，而今却为何心意颓丧，两人的距离恍若参商星宿，天各一边。茱萸自有其芬芳，即便不如桂肉与兰香。新人虽然惹人怜爱，又一定比得上过去的恋人吗？行云有归期，但愿君也能半途知返。女子怀着无尽的悲伤仰天叹息，满心哀愁无处倾诉。日月交替，星辰轮转，光阴不会停滞，人生也是如此。诗歌最后，一幕悲风起，曾有泪雨下，留下女子孤独的身影，启箧织衣，纨素相交，意境薄凉。

车遥遥篇

西晋·傅玄（217—278）

车遥遥兮马洋洋，追思君兮不可忘。
君安游兮西入秦，愿为影兮随君身。
君在阴兮影不见，君依光兮妾所愿。

|辑 评|

[明] 钟惺、谭元春《诗归》："'愿为影兮随君身'，此一句情中之最肤者也。今之作情词者，但能止此耳。下二语则梦想不到矣。'君在阴兮影不见，君依光兮妾所愿'，在阴依光，在阴字中森然秀出如许妙想，'妾所愿'三字尤押得含蓄可想。"

赏读

这是一首以女子的口吻写就的诗，全诗皆为女子的自白。

首句以车马起兴，追忆当时情人离开的场景。或是看到眼前来来往往的车马，这热闹之景让她想起了离开的恋人，透过这车水马龙，仿佛看到了恋人的身影。想念你的心情怎么能忘记呢？不可望，不敢忘，也忘不了,这是女子真挚情思的最直接的表达。“安游”二字虽流露出一种责问的怨气。你西游入秦是为了求取功名，虽然是“悔教夫婿觅封侯”，但是你既要去，我便如影随形。这般真切热烈的剖白，表现女子痴情的同时，又流露出一种顾影自怜的忧伤。女子心中大概是希望远在秦地的恋人看到影子时，能想起远方的自己。这样的情思婉转又独特，表现了女子细腻微妙的心理。最后两句更是想象奇妙。你若处在阴影之中，那影子便看不见了。为了能让影子像自己一样陪伴着你，希望你能站在阳光里，这样我就能在你身边了。可见女子之痴情，为了能陪伴恋人，竟甘愿成为对方的影子，这两句不诉相思，不写别情，却略带调皮地写影与光的关系，有光才能有影。女子把自己当作影子，而恋人便是自己的光，读到此层含义，深情可以动人。这首诗在语言上直白自然，感情真挚炙热，“兮”字的连用让节奏变得缠绵婉转，仿佛是女子在缓缓吟哦，吐露相思。

行行重行行

汉·佚名

行行重行行，与君生别离。
相去万余里，各在天一涯。
道路阻且长，会面安可知？
胡马依北风，越鸟巢南枝。
相去日已远，衣带日已缓。
浮云蔽白日，游子不顾返。
思君令人老，岁月忽已晚。
弃捐勿复道，努力加餐饭。

|辑 评|

[宋]陈绎《诗谱》："情真、景真、事真、意真。"

[明]吴淇《选诗定论》："妙在'已晚'上着一'忽'字。比衣带之缓曰'日已'，逐日抚髀，苦处在渐；岁月之晚曰'忽已'，陡然惊心，苦处在顿。"

赏读

这首诗是《古诗十九首》的第一首，描绘了女子对远行在外的爱人的无尽思念。

开篇直用四个叠字，“行行”之后又是“行行”，除了在词意上直言相离遥远之外，还在形式和韵律上给人以直观的感受：思念悠长而又沉重，充满着苦涩和悲伤。与君别离，是女子对送别爱人的回忆，潇潇江畔，长亭路上，两人无言的愁容下暗含纷杂的思绪，人世间的分离总是如此，此时情苦，而后留恋更长，情愁更远。别后便是各在天涯，相离万里，不再相见。道阻且长，正意味着相离天涯路，女子的所思所想何时才能实现呢？不禁问出“会面安可知”。

下文着重描写女子的相思之苦。“胡马依北风，越鸟巢南枝。”动物都有着对故乡旧所的依恋，又何况人呢？这是女子对远行人的一种寄愿和担忧，既希望他能够心系故乡，不忘旧情，早日归来，又担忧他已忘记了这一切，自己的思念不过是徒增悲伤罢了。分离的日子越发长久，而相思之人的容貌也饱受岁月的摧残。衣带渐宽，可有悔意？浮云正好似游子心意，唤得起落日时分的故人深情吗？思念使得人心境老去，时光也悄然逝去了，有许多话都不必再说，也无力去说。最后女子收拾心绪，朴实贴心地嘱托行人照顾好自己。诗句温馨自然，情感真挚动人，具有淳朴清新的民歌风貌。

涉江采芙蓉

汉・佚名

涉江采芙蓉，兰泽多芳草。
采之欲遗谁，所思在远道。
还顾望旧乡，长路漫浩浩。
同心而离居，忧伤以终老。

辑评

[明]王世贞《弇州山人四部稿》:“(十九首)谈理不如《三百篇》,而微词婉旨,遂足并驾,是千古五言之祖。”

[明]陆时雍《古诗镜》:“(十九首)谓之风余，谓之诗母。”

赏读

这首诗是《古诗十九首》中的第六首。《古诗十九首》是由南朝萧统从无名古诗中选录十九首编入《文选》而成的五言诗选辑，其诞生象征着五言古诗的文人化，对后世五言诗及各类诗歌的创作鉴赏产生了深远的影响。

该诗以江南风光引篇。夏秋之交，正是芙蓉采摘的季节。江南女子涉江而行，舟中芙蓉朵朵，身畔绿草青塘，好一幅夏日美景。然而诗中女子却神色凝重，仿佛心有所思。芙蓉早为莲花别名，所谓“制芰荷以为衣兮，集芙蓉以为裳”。在古时文学创作中常被用来代指美人，这里女子采芙蓉欲遗之人，想来定是其远离家乡的丈夫或心上人。然而故人不在，只剩一句“所思在远道”。苏轼有“千林扫作一番黄，只有芙蓉独自芳。唤作拒霜知未称，细思却是最宜霜”的诗句。正映照了芙蓉虽美，却是时节近秋的现实。纵使女子怀揣情思，也无从传达，清丽的诗句中渗透出淡淡哀伤。其下两句可从离人和居人两个角度看待，离乡之人远游在外，回首故乡遥远，前路依旧漫漫，这既是离人的实境，也是居人的怀思所想。末句更是直言“同心而离居”，相爱之人离别两处，不得相见，实在哀怨，只留下对命运不幸的悲怨和无望，所言“忧伤以终老”，可叹可泣。

冉冉孤生竹

汉·佚名

冉冉孤生竹，结根泰山阿。
与君为新婚，兔丝附女萝。
兔丝生有时，夫妇会有宜。
千里远结婚，悠悠隔山陂。
思君令人老，轩车来何迟。
伤彼蕙兰花，含英扬光辉。
过时而不采，将随秋草萎。
君亮执高节，贱妾亦何为。

|辑 评|

［清］张玉穀《古诗赏析》："（'君亮'二句）代揣彼心，自安己分。"

赏读

此篇“冉冉孤生竹”是《古诗十九首》的第八首，抒写了一位新婚女子对其夫的希冀，感慨爱情不易。

“冉冉孤生竹，结根泰山阿。”世间人相逢不易，就像这山间孤竹，结根深谷，唯有有缘之人，才能在这纷乱交错的人生中相遇相识。“与君为新婚，兔丝附女萝。”兔丝是一种植物名，一说其与女萝为同一物种，两者相附相生，在古文中也常意作妻室。女子在这里自喻兔丝，表达自己的殷切态度。“兔丝生有时，夫妇会有宜。”女子青春年少，正是谈婚论嫁的好时候，夫妇二人更应把握良缘。“千里远结婚，悠悠隔山陂。”该句从现实层面谈论了两人结合的不易。遥居千里，山水相隔，纵是如此，也无法阻断有情人的脚步。

“思君令人老，轩车来何迟。”思念总是令人忧愁，催人老去。光阴易逝，年华悠悠，只愿夫君早日随车而来，两人好共赏花烛。“伤彼蕙兰花，含英扬光辉。过时而不采，将随秋草萎。”这两句女子自比蕙兰花，年少芳华之时百般柔弱娇美，但若过时不采，恐是要随秋风凋零了。这里也是女子在催促对方尽快完婚。“君亮执高节，贱妾亦何为。”末尾女子在一番思索之后别无他法，只希望对方情操高洁，不会言而无信、用情不专，如此她也就没有可以埋怨的了。

整诗从女方的口吻出发，表达出自己对良缘难觅的感慨，流露出对未来的不安和对爱情的真挚向往。

如意娘

唐·武则天（624—705）

看朱成碧思纷纷，憔悴支离为忆君。
不信比来长下泪，开箱验取石榴裙。

|辑评|

[明] 钟惺《名媛诗归》："'看朱成碧'四字本奇，然尤觉患。'思纷纷'三字，愦乱颠倒得无可奈何。""老狐媚甚，不媚不恶。"
[明] 谢榛《四溟诗话》："凡起句当如爆竹，骤响易彻"，"结句当如撞钟，清音有余。"

赏读

649年，唐太宗驾崩后，武则天入感业寺为尼，这首诗便是她在感业寺写给唐高宗的情诗。

“看朱成碧”有两种解释，一是说诗人因为思念，导致思绪混乱，神情恍惚，将朱色错看为绿色，侧面烘托作者的相思情深；二是表现思念之久，从春天的花开看到花落，从满眼鲜艳到满眼绿色，思念纷纷不绝。无论哪种解释，都表现了诗人深深的思念。第二句解释了思念的原因，我这样形容憔悴，是为了思念你啊。如果你不相信我为了思念而流泪，那就打开箱子看看石榴裙上的泪痕吧。这两句的情感不似一二句婉转缠绵，而是一种决绝果断，与武则天的性格相似。这样的语气活灵活现地表现了一位性情中的女子的痴情形象。“看朱成碧”四个字中暗示了时光的飞逝，也流露出了诗人对于自己青春短暂的感叹，表现出一种孤寂中的深深无奈之感。这首诗的意义在于它表现出了一位优秀的政治家独特的一面。

武则天是中国历史上唯一一位女性皇帝，她性格坚韧果断，政治手段狠绝，然而面对爱情，她也是一个普通的女子，会为了思念恋人而流泪、而憔悴。这首诗是她流传下来的比较优秀的作品，“看朱成碧”后来出现于不少诗人的诗作中，如李白《前有一樽酒行二首》：“催弦拂柱与君饮，看朱成碧颜始红。”

杂诗三首 其三

唐·沈佺期（656—715）

闻道黄龙戍，频年不解兵。
可怜闺里月，长在汉家营。
少妇今春意，良人昨夜情。
谁能将旗鼓，一为取龙城。

| 辑 评 |

[清] 顾安《唐律消夏录》:“千古闺情绝唱。”

赏读

沈佺期，字云卿，安阳人。擅长七律，与宋之问齐名，被称为“沈宋”。沈佺期的这首杂诗，在以女子口吻表达对征夫思念的同时，也表达了对于和平的渴望。

首句点名了当时的历史背景。“黄龙戍”即指黄龙，在今辽宁境内。听闻黄龙此地连年征战，烽火不息，暗示了男主人公已离家多时。“可怜闺里月，长在汉家营”一句，以月代人，写月而不写情，却字字有情。在中国古典诗歌中，用月亮传递思念比比皆是，望月怀人也是常见的手法。闺中和军营本是在同一轮明月下，这样的表现手法巧妙地表达了夫妻分别的情景，也突出了战争对于民众的伤害。闺中明月应是二人共赏，现在这明月不明，宛若只照着那军营，流露出女子心中的哀怨。

“少妇今春意，良人昨夜情。”“今春意”指日日夜夜的相思，而“昨夜情”断不是昨天的情意，而是指二人往日的甜蜜恩爱。一今一昨，不仅表现了如今相思情切，也表现了夫妻二人情意深厚。在表达了浓烈的相思之后，女子发出了这样的感叹：“谁能成为那领导千军的将领，直取龙城取得胜利呢？”在抒发完儿女私情之后，不哀不怨地说出了大家一致的愿望：战争快结束，夫妻早团圆，使整首诗的感情得到了较为平和的收束。

望月怀远

唐·张九龄（678—740）

海上生明月，天涯共此时。
情人怨遥夜，竟夕起相思。
灭烛怜光满，披衣觉露滋。
不堪盈手赠，还寝梦佳期。

| 辑 评 |

[明] 陆时雍《唐诗镜》："起结圆满，五、六语有姿态，八为踯躅彷徨。"

[明] 高棅《增订评注唐诗正声》："郭云：'清浑不著，又不佻薄，较杜审言《望月》更有余味。'"

[明] 周珽《唐诗选脉会通评林》："通篇全以骨力胜，即'灭烛''光满'四字，正尽月之神。用一'怜'字，便含下结意，可思不可言。"

| 赏读 |

张九龄，字子寿，韶州曲江（今广东韶关）人，诗风清雅，有《曲江集》。这首诗写于开元二十四年（736），张九龄被贬荆州之后。

张九龄的短句写得绝佳，“海上生明月，天涯共此时”成为流传千古的名句，《五七言今体诗钞》称赞此诗为“五律中《离骚》”。

首句起笔高远，流畅自然，情感便已如海上明月之辉，灿灿流光，铺漫而来。远在天涯的人感受到的不仅是这同一轮明月的光辉，还有“愿逐月华流照君”的无限情意，由景入情，浑成自然。“竟夕”即一夕、整夜，有情之人埋怨这长夜漫漫，相思成灾，彻夜不眠，故而有“怨”。明月千古来承载着相思之意，海上明月升，心中相思起，“竟夕起相思”正是“海上生明月”的对照，情、景融合浑然一体。那便熄灭蜡烛，和这月光相伴。露水沾湿了衣服，流露出人物内心深深的孤寂。最后一句构思巧妙，“不堪”一是说情意深重难传；二是说月光和孤寂之人并无关系，更显寂寞。梦里佳期如何，又是无限情思，余韵悠长。全诗紧紧围绕“望月”“怀远”两个中心，因景起情，情与景的结合自然浑融，感情深挚。

闺怨

唐·王昌龄（698—757）

闺中少妇不知愁，春日凝妆上翠楼。
忽见陌头杨柳色，悔教夫婿觅封侯。

丨辑 评丨

[清]吴乔《围炉诗话》："《风》与《骚》，则全唐之所自出，不可胜举。'忽见陌头杨柳色，悔教夫婿觅封侯'，兴也。'夕阳无限好，只是近黄昏'，比也。'海日生残夜，江春入旧年'，赋也。"

[清]徐增《而庵说唐诗》："此诗只看'闺中少妇'四字，通首于此上描写。'忽见陌头杨柳色'，用'色'字妙。柳色自黄而绿、绿而育，犹女儿时面色黄，妇人面色红冶也。"

俞陛云《诗境浅说续编》："凡闺侣伤春，诗家所习咏，此诗不作直写，而于第三句以'忽见'二字陡转一笔，全首皆生动有致。绝句中每有此格。"

赏读

王昌龄，唐代诗人，字少伯，今山西太原人。擅长写边塞诗，被称为“七绝圣手”。

在寻常的闺怨诗中，独守空闺的少妇自然应该是愁绪满怀的，王昌龄却一反常理，说“不知愁”，看似不合常理，实则匠心巧运。不知愁只因心中有所期待，为了等待自己的夫婿，少妇每日都会精心地化好妆容，登上闺阁。这场景看似欢喜，实则蕴含了无数的辛酸，日日抱着希望等待，却日日失望，日复一日。登上翠楼的少妇忽然看到了道上那些泛绿的杨柳，多日来积压的情感一触即发。春天到了，本应该和夫婿共赏春光，而征人仍然未还。“柳”谐音“留”，容易引起离愁，见春色而思征人，愈加哀怨。“悔”字将这份哀怨尽数喷发出来。此时她的夫婿或在边关战场，少妇心中的情感也不仅仅是哀怨悔恨了，更多的是相思和担心。

诗中虽然用了常见的柳树作为抒发感情的意象，但是表达方式却别出心裁。正是如此，“悔教夫婿觅封侯”也成了传诵千古的名句。

春宫曲

唐·王昌龄（698—757）

昨夜风开露井桃，未央前殿月轮高。
平阳歌舞新承宠，帘外春寒赐锦袍。

| 辑 评 |

[清] 王尧衢《古唐诗合解》："不寒而寒，赐非所赐，失宠者思得宠者之荣，而愈加愁恨，故有此词也。"

[清] 沈德潜《唐诗别裁》："只说他人之承宠，而己之失宠，悠然可会。"

赏读

这是一首宫怨诗，诗中不显怨情，不写哀伤，只言新宠风光，含蓄地表达了“但见新人笑，那闻旧人哭”的薄凉诗意。诗人对唐玄宗宠爱杨玉环、荒淫无度的行径有所不满，于是借汉代卫子夫受汉武帝恩宠，陈皇后遭冷落的故事来暗指。

首句写景，“昨夜风开露井桃”，昨晚微凉的春风吹开了露井上的一树桃花。“未央前殿月轮高”，画面来到未央宫前，月轮已经高挂寒天，洒下一地清辉。这两句交代故事背景，以汉代的景色意喻诗人所处的唐代。春夜里，露井开花，月色皎皎，营造出深夜里春寒料峭的环境氛围，也暗示了有物待生、人事有变的深意。

下句写汉时旧事。平阳公主的舞女卫子夫在表演时被汉武帝看上，带入宫中，“新承宠”的描写，也反映出旧人的悲怨。末句以细节加深意味。皇帝见帘外略有春寒，便赐给了她一件锦袍。这样的举动无疑展现出了新人受宠之深。然而在这好景之外，又有多少被遗忘的失宠女子在哀伤悲叹呢？

相思

唐·王维（701—761）

红豆生南国，春来发几枝。
愿君多采撷，此物最相思。

| 辑 评 |

[清]管世铭《读雪山房唐诗序例》:“王维‘红豆生南国’、王之涣‘杨柳东门树’、李白‘天下伤心处’，皆直举胸臆，不假雕镂，祖帐离筵，听之惘惘，二十字移情固至此哉！”

俞陛云《诗境浅说续编》:“红豆号‘相思子’，故愿君采撷，以增其别后感情，犹郭元振诗，以‘同心花’见殷勤之意。”

赏读

《相思》一诗流传甚广，在唐代就作为梨园歌曲传唱各地，现如今更是作为抒写相思之情的名篇传颂大江南北。传说有女子因夫身死边疆，悲痛落泪而死，其身化作红豆树，后世人称其为相思树，以红豆作“相思子”。从此形成了以红豆代指相思的文化习俗。

南国有树，名相思树。树有果，名相思子。春来开花，花形似蝶，色白而淡红。花序锥长，生果鲜红。春去秋来，红豆生发，落叶归尘。愿君多采，以表相思，勿忘相思。可想，南国有游子，门前折相思。相思长千里，曾道不曾离。又是一年南国秋雨，枝叶间，绵延情丝凝成相思之果，雨水过后，鲜红光亮，寄予着分离之人的黯黯情思，也承载着他们共同的美好追忆。红豆春季开花，秋季成熟，而怀抱相思之人又历经了多少季节交替，年年红豆生，然年年不见君，只把相思寄红豆，愿君亦能多采撷，既是表达自己对离人的思念，也是祈愿自己所思所念之人能不忘深情。

此诗风格质朴素雅，情感深沉真挚，意蕴一气呵成。一句“红豆生南国”，唤起多少纵古越今的默然思念。

杂诗三首 其二

唐·王维（701—761）

君自故乡来，应知故乡事。
来日绮窗前，寒梅著花未？

|辑 评|

[清]黄叔灿《唐诗笺评》："'绮窗前'三字，含情无限。"

[清]宋顾乐《唐人万首绝句选》："以微物悬念，传出件件关心，思家之切。"

赏读

这首小诗用清淡的笔触细腻传神地表达了久居异乡、远游在外的诗人对故乡和妻子的思念。全诗虽未正面描写故乡的人和事，然用借问的口吻巧妙地描述出自己对家乡和亲人的思念，可谓含情于微，词调精巧。诗人虽未直写寄诗予谁，但根据“绮窗前”的描写和问梅的话语，我们可以从中体悟出诗人对相隔两地不能相见的妻子的怀思念想。

王维长时间游历在外，山川绿水，睹物思人，长久的怀思在平日闲淡的生活中积累成深厚的思念。偶遇故乡之人，更是激起了诗人内心深处的无限情感，从而有了这首雅致的情诗。

既然君是从故乡而来，想必是了解故乡近来的变化。你来的时候，那雕满精致花纹的木窗前，寒梅是否已经开放了呢？就是这样短短的四句话，却蕴含着难言的体悟和情感。王维在他的诗中描绘山水花草，总能以轻妙的方式传达出悠然的意境和思绪，“绮窗前”不仅是一个空间上的位置，更是一幅静室待归的画面。一个“绮”字，衬景，言人，达境。而在这境界之外，是枝头朦胧变幻的寒梅。诗句表面上没有谈人，但画面中却有故乡的伊人守候。一句问梅花开否，更是将纷繁的情思涵盖其中。客地问同乡，是诗人对妻子的深切爱恋。

秋风词

唐·李白（701—762）

秋风清，秋月明，
落叶聚还散，寒鸦栖复惊。
相思相见知何日？此时此夜难为情！
入我相思门，知我相思苦。
长相思兮长相忆，短相思兮无穷极。
早知如此绊人心，何如当初莫相识。

辑评

[清]王琦《李太白全集》：“王琦注：杨齐贤云：‘古无此体，自太白始。’《沧浪诗话》以此为隋郑世翼之诗，《臞仙诗谱》以此篇为无名氏作，俱误。”

[清]赵翼《陔余丛考》：“三、五、七言诗起于李太白：‘秋风清，秋月明。……’此其滥觞也。”

赏读

秋风飒飒，天地一片凄清，深秋的明月当空，这夜通明寂静。如此秋夜，正是人心底的孤独之感蠢蠢欲动之时。庭院里堆积的落叶，忽的被风吹散。已经安眠的寒鸦，又突然惊醒，扑棱着翅膀飞走了。诗句虽写寒鸦落叶，其实写的是诗人自己。深秋之夜，诗人正欲入眠，忽然一阵孤独之感袭来。他如被惊的寒鸦，心中一阵惊悸。薄衾难抵入骨相思，孤独寂寥之身如无根落叶、无巢寒鸦。

接下来的几句，直截了当地抒发感情之语，直白强烈，悲苦难言。何时相见止我相思？想到往日种种，今日此时情何以堪？元代散曲作家徐再思有词："平生不会相思，才会相思，便害相思。"后人之语和李白所言如出一辙，皆是对人心最真实的观察和体验，非有切身体会难以写就。未见良人前不知相思何种滋味，如今有人挂念，才知相思实苦。漫长的相思伴随着漫长的回忆，而突如其来的短暂相思也日日夜夜伴随着孤独之人。如果早知相思如此折磨，不如当初未曾相识。这三联是对爱情的深刻体悟，最能引起有情人的共鸣，正是如此，也被历代文人所化用，譬如"第一最好不想见，如此便可不相恋""人生若只如初见，何事秋风悲画扇"……李白的文字天然无雕饰，用白描之语写真情，却感人肺腑，能让人感同身受。

春思

唐·李白（701—762）

燕草如碧丝，秦桑低绿枝。
当君怀归日，是妾断肠时。
春风不相识，何事入罗帏。

| 辑 评 |

［明］钟惺、谭元春《唐诗归》："钟云：若嗔若喜，俱着'春风'上，妙，妙（末二句下）！比'小开骂春风'老成些，然各有至处。"

［清］黄周星《唐诗快》："同一'入罗帏'也，'明月'则无心可猜，而'春风'则不识何事。一信一疑，各有其妙。"

［清］清高宗敕编《唐宋诗醇》："古意却带秀色，体近齐梁。'不相识'言不识人意也，自有贞静之意。"

赏读

这是一首描写思妇心理的诗，诗题中的“春”既是说春天，也指男女之间的情感。

首句采用了“起兴”的手法，用燕草和秦桑引起情思。燕草是生长在北方的草，同样的春天，北方的草才刚泛青，如同碧丝，生长在秦地的桑树已经枝繁叶茂，用相隔千里的两地景物描写，暗指二人相隔。“丝”谐音“思”，暗指心中怀归之思，“碧丝”还指女子的发丝，也能引起怀归之思。远方的丈夫想起了归家，本应该是值得高兴的事情，为何却说“是妾断肠时”？这是两联相合的第二层，当丈夫看到春天的绿草、终于想到回家的时候，思妇已经思念多时，一直等到了秦桑已经繁茂。北方天气寒冷，草木生长迟缓，而偏南的秦地，草木绿得更早，这一早一迟，加深了思妇之思。看似不合理，其实正是思妇最真实的复杂情感，也进一步点明了兴句与所写内容之间的联系。

最后一联，也有两层含义。正当两地怀思、伤感之时，不相识的春风却吹入了罗帏，这句略带责备的问句表明了思妇感情坚贞，不为春风所动，表现了思妇的可贵品质。另一层理解是，不曾相识的春风已经到了，而久别的丈夫还未归家，这一反衬，足见思妇愁肠。全诗语言简淡和缓，平易近情，却巧妙地表现了女主人公内心多重的情感，字里行间除了一份思念的愁绪，还流露出了一丝温情。

采莲曲

唐・李白（701—762）

若耶溪边采莲女，笑隔荷花共人语。
日照新妆水底明，风飘香袖空中举。
岸上谁家游冶郎，三三五五映垂杨。
紫骝嘶入落花去，见此踟蹰空断肠。

|辑评|

[清] 清高宗敕编《唐宋诗醇》："绮而不艳，此自关乎天分。王安石云：'诗人各有所得，清水出芙蓉，天然去雕饰，此李白所得也。'于此亦可见之。"

[清] 王夫之《唐诗评选》："卸开一步，取情为景。诗文至此，只存一片神光，更无形迹矣。"

赏读

“采莲曲”是古曲名，起源于梁武帝父子，后人多用此题拟作。这首诗描写了夏日的若耶溪边女子采莲的场景，展现了青年男女间纯真萌动的爱情，色彩明艳，风格轻快，毫无做作之态。这虽然是一首细腻温婉的爱情诗，却也暗含了诗人对时光飞逝、怀才不遇的感叹，有思考人生的深刻境界。

夏日的若耶溪边，草长莺飞，荷花随风摇摆，片片荷叶间隐隐约约有采莲女子在嬉笑玩闹。“笑隔荷花”产生了一种朦胧美，同时将采莲女的活泼形象表现了出来，生意盎然，俨然一幅生动的采莲图。明媚的阳光照射在水面上，清澈见底的溪水和女子脸上新化好的妆容相互辉映。采莲女高高举起的衣袖随风飘荡在空中，夹带着女子身上脂粉的香气，又或者是荷花的清香。这两句明艳灵动，活泼自然，读来让人如临其境，同时又产生无数联想。岸上不知谁家的少年郎，被这花溪间的欢声笑语吸引而驻足。隔着荷花，映着垂杨，采莲女欢喜又娇羞的神态跃然纸上。最后一联笔锋忽转，垂杨下的人调转马头一骑绝尘，空余一声嘶鸣回荡在飞扬的尘土和落花中，“踟蹰”二字将女子心中的失望和无奈更加生动地表现了出来。时光如白驹过隙，这里充满了诗人对于年华飞逝的感叹，读来却是清新脱俗，大气自然。

长干行其一

唐·李白（701—762）

妾发初覆额，折花门前剧。
郎骑竹马来，绕床弄青梅。
同居长干里，两小无嫌猜。
十四为君妇，羞颜未尝开。
低头向暗壁，千唤不一回。
十五始展眉，愿同尘与灰。
常存抱柱信，岂上望夫台。
十六君远行，瞿塘滟滪堆。
五月不可触，猿声天上哀。
门前迟行迹，一一生绿苔。
苔深不能扫，落叶秋风早。
八月蝴蝶来，双飞西园草。
感此伤妾心，坐愁红颜老。
早晚下三巴，预将书报家。
相迎不道远，直至长风沙。

| 辑 评 |

[清] 清高宗敕编《唐宋诗醇》:“儿女子情事，直从胸臆间流出，萦迂回折，一往情深。尝爱司空图所云‘道不自器，与之圆方’，为探得委曲之妙，此篇庶几近之。”

[明] 钟惺、谭元春《唐诗归》:“钟云：‘古秀，真汉人乐府。’谭云:‘人负轻捷妍媚之才者，每于换韵疾佻，结句疏宕，太白尤甚。’”

[清] 沈德潜《唐诗别裁》:“‘蝴蝶’二句，即所见以感兴（‘双飞’句下）。‘长风沙’在舒州。金陵至舒州七百余里，言相迎之远也（末二句下）。”

赏读

长干是地名，位于今江苏省南京市秦淮河，这首诗是李白游历金陵所写。这首诗描写了一位女子自幼与男子青梅竹马，直到嫁作商人妇后的人生经历，情感迂回曲折，动人心魄。

这首诗用女子自述的方式，描写了她的感情经历，真实动人。开篇便描绘了一幅生动美好的生活图景。“郎骑竹马来，绕床弄青梅”，生动地表现了二人两小无猜的真挚感情，留下了“青梅竹马”的美好故事。“低头向暗壁，千唤不一回”更是细腻地刻画出了初为人妇时的娇羞之态，娇憨可爱。尾生与一女子相约，女子未来，水至不去，尾生抱柱而死；有一妇人，夫远赴国难，久候不归，登山望夫，化而为石。用“抱柱信”和“望夫石”的典故，表现了女子对于婚姻爱情的忠贞。虽是以女子口吻缓缓道来，“愿同尘与灰”却有英雄之气。从“十六君远行”开始，对生活画面的描写转向了景物描写，侧面表现商人远行后商妇的寂寥愁绪。细腻的观察和细节描写，深刻地表现了人物内心的情感。从五月到八月，从盛夏到深秋，门前绿苔，蝴蝶双飞，皆使人倍感孤独。“相迎不道远，直至长风沙”，具有浪漫主义色彩，疏宕远迈。这首诗在音节上，也与汉乐府相当，读来一气呵成。

谢赐珍珠

唐·江采萍（710—756）

桂叶双眉久不描，残妆和泪污红绡。
长门尽日无梳洗，何必珍珠慰寂寥。

赏读

江采萍，号梅妃，是唐玄宗早期的宠妃。自幼吟诗诵文，写诗作赋，自比谢道韫，是一名才女。唐玄宗开元年间，江采萍被选入宫中，玄宗赏识非常，大加宠幸，封为梅妃。后杨玉环入宫受宠，将梅妃打入冷宫。安史之乱爆发后，唐玄宗携杨玉环出逃，梅妃气性高洁，于宫中投井自尽。

这首诗写于梅妃被贬入冷宫后，据《梅妃传》记载："上在花萼楼，会夷使至，命封珍珠一斛密赐妃。妃不受，以诗付使者，曰：'为我进御前也。'……上览诗，怅然不乐，令乐府以新声度之，号《一斛珠》，曲名始此也。"

桂叶双眉，足见昔日梅妃的昳丽容貌，如今因失宠而"久不描"，无心装扮。五代词人温庭筠在《菩萨蛮》中写道"懒起画蛾眉，弄妆梳洗迟"，是同样的闺怨心情，而梅妃所处境地则更加心碎，"残妆和泪污红绡"。这两句色彩鲜明，却字字含泪，刻画出一个被丈夫抛弃的弃妇形象。汉武帝的皇后陈阿娇失宠之后，被贬长门宫。曾经"金屋藏娇"，如今无人问津，千金纵买相如赋，脉脉此情谁诉。梅妃自比失宠的陈皇后，既已无人问津，无心梳洗，又何必用珍珠来安慰我呢？"何必"二字包含悲怨、绝望，一是对唐玄宗的怨，二是对自己命运的无奈感叹。如今宫中乃是"一骑红尘妃子笑"，这偶然的安慰不要也罢，可见梅妃矜傲的个性。

这首诗哀婉凄丽，如泣如诉，传神地表现了一个弃妇的愁闷和悲凉，以及封建时期宫廷女子的命运悲剧。

月夜

唐·杜甫（712—770）

今夜鄜州月，闺中只独看。
遥怜小儿女，未解忆长安。
香雾云鬟湿，清辉玉臂寒。
何时倚虚幌，双照泪痕干！

|辑评|

［元］方回《瀛奎律髓》：“八句皆思家之言，三、四及‘儿女’，六句全是忆内，与乃祖诗骨格声音相似。”

［清］沈德潜《唐诗别裁》：“‘只独看’正忆长安，儿女无知，未解忆长安者苦衷也。反复曲折，寻味不尽。五、六语丽情悲，非寻常秾艳。”

赏读

安禄山攻打潼关后，杜甫前往鄜州避乱。天宝十五年（756）七月，杜甫只身由鄜州前往灵武，途中被俘，被禁于长安。杜甫在长安望月思人，想到鄜州的妻子，便写下了这首诗。

此诗开篇以月景兴起人情。当时杜甫的家人在鄜州，而杜甫则被关押在长安。鄜州的月色明朗皎洁，而闺中的妻子只能独自赏月，无人陪伴。月夜里，两地的月景联通两地的离人，以此来强化诗句的情感。诗人触景生情，遥想起自己的小儿女，他们或许还不懂得家人相离的情思吧。

下半段写人，描绘妻子的容貌形态。“香雾云鬟湿”，云雾缭绕，月色清寒，环境的清冷正映衬着人情的凄清。清辉月色对照着伊人玉手，美好的事物居于离情愁苦之中，这样的虚写更加深了诗人情感的表达。最后，诗人以对未来的美好愿景作结 等到两人相见，共倚栏杆，相守望月，这离别的泪滴终将散去。

相思曲

唐·戴叔伦（732？—789？）

高楼重重闭明月，肠断仙郎隔年别。
紫萧横笛寂无声，独向瑶窗坐愁绝。
鱼沈雁杳天涯路，始信人间别离苦。
恨满牙床翡翠衾，怨折金钗凤凰股。
井深辘轳嗟绠短，衣带相思日应缓。
将刀斫水水复连，挥刃割情情不断。
落红乱逐东流水，一点芳心为君死。
妾身愿作巫山云，飞入仙郎梦魂里。

赏读

戴叔伦，字幼公，润州金坛（今属江苏）人。这是一首闺怨诗，描绘了女子对离别情人的苦苦思念。

明月依稀，又是一个寂静的夜晚，又是女子一人孤枕无眠。一个“闭”字，巧妙地展现出女子的心境和处境。高楼重重，人世繁复，甚至遮蔽了明月，既是女子黯淡内心的体现，也是对孤寂氛围的表达。女子与心爱的郎君相隔已经数年，苦苦的思念令人肝肠寸断。“紫萧”和“横笛”的寂寥从侧面反映出女子的凄苦心境，女子只能独自对窗遥望，心中纵是万般愁结。鱼、雁是两种带有丰富意味的意象。鱼雁传书，本是传情，但鱼已沉，雁未归，印证了两人离别许久且无消息的事实。女子不禁感叹人间离别之苦。在这样的心绪和处境下，女子内心的离情惆怅越发深厚，甚至显现出了怨情的一面。“恨满牙床翡翠衾，怨折金钗凤凰股。”面对日常之物,女子已经无法平静对待，反而是满目伤情，处处痛心。可见其情深义重。“井深辘轳嗟绠短，衣带相思日应缓。”相思之下，时间仿佛都变得迟缓了。“将刀斫水水复连，挥刃割情情不断”，此句有李白“抽刀断水水更流，举杯消愁愁更愁”的意味。落花随流水而去，女子的芳心也寄予在她的心上人身上，至死不渝。最后，诗人用虚化的梦境来表达情感。女子幻想进入男方的梦中与其相遇，既是她情深弥厚的表现，也是她对现实的一种无奈和对情愁的排遣。

听筝

唐 · 李端（737—784）

鸣筝金粟柱，素手玉房前。
欲得周郎顾，时时误拂弦。

| 辑 评 |

[清] 徐增《而庵说唐诗》：“妇人卖弄身份，巧于撩拨，往往以有心为无心。手在弦上，意属听者。在赏音人之前，不欲见长，偏欲见短。见长则人审其音，见短则人见其意。李君（指李端）何故知得恁细。”

赏读

李端，字正已，赵州（今河北赵县）人，唐代诗人。晚年隐居衡山，号衡岳幽人。

这首小诗用清新淡雅的语调，以精妙性灵的意境勾勒出一幅生动鲜明、意蕴含蓄的少女情画。上句写女子弹筝。“鸣筝金粟柱，素手玉房前。”“金粟柱”与“玉房”描绘出舞筝女子所处的优雅环境。琴筝华美，音乐和鸣，听者不由得被这优美的乐声所打动，自然地将注意力转移到弹奏者的身上。“素手”将则女子的高洁气质表露无遗，塑造了一个清新优雅的意境空间。

下句表出主题。“欲得周郎顾，时时误拂弦。”《三国志·吴书·周瑜鲁肃吕蒙传》记载：“瑜少精意于音乐，虽三爵之后，其有阙误，瑜必知之，知之必顾。故时人谣曰：‘曲有误，周郎顾。’”周瑜精通音律，一旦旁人奏乐有误，便向奏错者相视一笑，以示提醒。而后人们常把这个典故用于展现周郎和小乔的爱情故事。而在本诗中，奏乐的女子为了引起心上人的注意，故意不时弹奏错调，希望引起他的注意。“时时误拂弦”的举动，极显活泼可爱。这种真假之间的互动，以音传情，而又不只如此的情致感受，将诗中人的神态心境传达出来，同时赋予了诗作一种独到的意蕴和雅致。

写情

唐·李益（750？—830？）

水纹珍簟思悠悠，千里佳期一夕休。
从此无心爱良夜，任他明月下西楼。

| 辑 评 |

[清] 王士禛《唐人万首绝句选》："极直极尽，正复情味无穷。"

[清] 郭麐《灵芬馆诗话》："李益'水纹珍簟思悠悠……'含思凄惋，命意忠厚，殊不类薄幸人。"

赏读

李益，字君虞，大历四年（769）进士，以边塞诗名世，长于绝句，尤工七绝。这首诗便是李益被人所传诵的一首七绝，是一首描写失恋后痛苦心情的小诗。

“水纹珍簟”是指装饰有水纹花样的珍贵竹席，这句是写诗人独自躺在有水纹图案的珍贵竹席上，思绪万千，辗转难眠。本来是作为装饰的水纹，和心中的悠悠思绪对应了起来，侧面表露了诗人纷乱复杂的心情。然后叙述了为何“思悠悠”：“千里佳期一夕休。”“佳期”本意为美好的时光，这里指和恋人的一次约会，可引申为美好的恋情。“千里”一词，强调了佳期之难，也表现了这段感情之久，而佳期失约、恋情破裂却只需要“一夕”，“千里”和“一夕”的对照，可见事情的变化猝不及防，使人心碎。月满西楼本是情人约会的良宵美景，诗人再见这样的良夜，想到的只能是失恋的痛苦，哪里还有心情去管明月已经落下西楼，此句以乐景写哀情，良夜明月更加烘托了诗人的孤独。这两句用了虚实结合的手法，实写的是今宵美景，虚写的是此后日日夜夜的痛苦心情，“从此”和“任他”让这两句比起“无言独上西楼”中的愁苦又多了一份决绝。全诗构思巧妙，无一字写“愁”，只“千里佳期”一句，叙事和抒情融为一体，表现了诗人痛苦的心情和原因，又用良夜明月的意象烘托诗人的绝望难过，乐景哀情，倍增伤感。

竹枝词其一

唐 · 刘禹锡（772—842）

杨柳青青江水平，闻郎江上唱歌声。
东边日出西边雨，道是无晴却有晴。

| 辑 评 |

[清] 周咏棠《唐贤小三昧集》："双关语妙绝千古，宋元人作者极多似此，元音杳不可得。"

俞陛云《诗境浅说》："此首起二句，则以风韵摇曳见长。后二句言东西晴雨不同，以'晴'字借作'情'字，无情而有情，言郎踏歌之情费人猜想。双关巧语，妙手偶得之。"

赏读

刘禹锡，字梦得，被称为“诗豪”。竹枝词是巴渝一带的民歌，音调婉转悠扬，刘禹锡在任夔州刺史时，按此调写了数首诗。这首《竹枝词》描写了一位女子倾慕男子的心理活动，具有民歌的艺术色彩。

杨柳青青，江水如镜，首句以杨柳、江水起兴，杨柳和江水在爱情诗歌中本就具有独特的含义。杨柳枝条曼曼，引人遐想，“柳”谐音“留”，又常用来暗喻留恋之意。古代诗歌中，美好的爱情常常发生于江泽水畔。“日日思君不见君，共饮长江水。”“所谓伊人，在水一方。”江水在联系人物情感上发挥着独特的作用。眼前是杨柳江水，耳边听到了心上人的歌声，不由得让人千头万绪。景朦胧，情朦胧，女子并未见到心上人，而是隔着杨柳江水，听到了他唱歌的声音，这其中情意几分，更是让人难以捉摸。可眼前的天气却让人心头暗喜，“东边日出西边雨”，日出即“有晴”，雨则是“无晴”。“有晴”谐音“有情”，“无晴”谐音“无情”。“道是无晴却有晴”，着重的是无情中的有情，巧妙地将女子心中的复杂情思表现了出来。从阵雨天气中，感受到对方对自己或许是有情的，真实地展现了怀春少女的可爱心态，“却有晴”中流露出了女子心中的惊喜和期待。一语双关是民歌中常见的修辞手法，形象又朴素，古趣盎然。

柳枝词

唐·刘禹锡（772—842）

清江一曲柳千条，二十年前旧板桥。
曾与美人桥上别，恨无消息到今朝。

| 辑 评 |

［明］杨慎《升庵诗话》："《丽情集》载湖州妓周德华者，刘采春女也，唱刘禹锡《柳枝词》云：'清江一曲柳千条，二十年前旧板桥。曾与美人桥上别，恨无消息到今朝。'此诗甚佳，而刘集不载，然此诗隐括白香山古诗为一绝，而其妙如此。"

赏读

白居易有诗《板桥路》:“梁苑城西二十里，一渠春水柳千条。若为此路今重过，十五年前旧板桥。曾共玉颜桥上别，不知消息到今朝。”这首诗应是刘禹锡将白居易的诗加以删减融化而成，词约意丰，独具匠心。

首句营造了一个离别的经典环境：一曲清江，重重垂柳，这是诗人眼前所见，弯曲的清江和具有离别意味的柳把诗人的思绪带回了二十年前，不留痕迹地过渡到了回忆的场景。二十年前，也是这样的清江垂柳，老旧的石板桥上，画面仿佛渐渐变化，从眼前走进了二十年前的场景，桥上有一美人，与诗人相别。这两句在时间和空间上的转变堪称精巧，让人如见其人，如临其境。当时与美人一别后，二十年间没有消息传来，人尚安好？人在何处？思绪又转回当前的时空，同时画面也回到了眼前的一曲清江。回忆过后，看到眼前似曾相识的场景，已无当日之人，空余憾恨。离别愁绪，诗人用了“恨”，却显得更加合理，恨二十年杳无音讯，恨景物依旧。这首诗的时空顺序回环往复，这种思绪在时空中游走的感觉让人感到怅然若失，诗人将心中的一往情深表达得缠绵含蓄。

踏歌词四首 其一

唐·刘禹锡（772—842）

春江月出大堤平，堤上女郎连袂行。
唱尽新词欢不见，红霞映树鹧鸪鸣。

|辑 评|

[清] 吴昌祺《删订唐诗解》:“唐汝询曰：新词歌竟，而不见情人，徒见红霞而闻鹧鸪，其怅望何如？”

赏读

《踏歌词》是刘禹锡居巴楚时期的民歌类诗作。所谓“踏歌词”，就是没有曲调，通过踏步来歌唱民歌。刘禹锡居夔州时创作了《踏歌词四首》,这是其中一首，描绘西南地区人民的淡雅爱情。

首句以景起兴，描绘了傍晚月出西江，潮起连堤的景象。“春江”指出季节和地点，“月出”是时间和光影,“大堤平”则是对具体景象的描绘。寂静春夜里，圆月斜挂半空，皎洁的月光映照着泛泛而起的潮水漫上了堤岸，在这样的景色中，一排女子手牵着手，互相嬉笑着走在堤上。“连袂行”更是写出了女子们那种娇羞、欢欣的姿态。

“唱尽新词欢不见”，女子们通过踏歌的活动与男子对歌，有的人找到了自己的心之所属，然有的人却依旧是独自一人,黯然悲伤。“欢”是指女子心上之人，但即便是“唱尽新词”也终究是无疾而终。“红霞映树”，景转清晨，塑造了一个凄清寂寥的意象空间。鹧鸪和鸣，通过对比来意喻和衬托女子的爱情不顺。整首诗，略带情伤却又有所收束，不直言哀叹，不作苦情呻吟，清雅自然地抒写了山林间淳朴的爱情经历。

燕子楼诗三首 其一

唐·张仲素（769—819）白居易（772—846）

楼上残灯伴晓霜，独眠人起合欢床。
相思一夜情多少，地角天涯未是长。（张）

满床明月满帘霜，被冷灯残拂卧床。
燕子楼中霜月夜，秋来只为一人长。（白）

赏读

《燕子楼诗三首》是张仲素原唱，白居易唱和的三组诗。张仲素，字绘之，符离（今安徽宿州）人。宪宗时为翰林学士，后终中书舍人。关于此三篇《燕子楼》的创作始末，白居易在诗的序中写道："徐州故张尚书有爱妓曰盼盼，善歌舞，雅多风态。余为校书郎时，游徐、泗间。张尚书宴余，酒酣，出盼盼以佐欢，欢甚。余因赠诗云：'醉娇胜不得，风袅牡丹花。'一欢而去，尔后绝不相闻，迨兹仅一纪矣。昨日，司勋员外郎张仲素绘之访予，因吟新诗，有《燕子楼》三首，词甚婉丽，诘其由，为盼盼而作也。绘之从事武宁军累年，颇知盼盼始末，云：'尚书既没，归葬东洛，而彭城有张氏旧第，第中有小楼，名燕子。盼盼念旧爱而不嫁，居是楼十余年，幽独块然，于今尚在。'余爱绘之新咏，感彭城旧游，因同其题，作三绝句。"

诗人从张尚书爱姬盼盼的角度出发，描绘了一个深秋夜晚孤寂无眠，旷夜相思的女子形象。冷清秋夜，女子独居高阁。幽暗的残光营造出一种悲凉的氛围，暗示了张尚书去世后其爱姬盼盼的孤寂处境。寒霜起，天将晓。漫漫寒夜里，独眠之人彻夜遥望。然独眠之人实则无眠，对比合欢床，前后的鲜明映照更显悲怆。

曾经两人一同度过的美好时光，如今已成为月夜里冰冷的追思。诗人托盼盼之口抒出：相思一夜，其中有多少深情流散，可女子对离人的相思又何止这一个秋夜呢？天涯海角的长度与这浓情相比，似乎也不算长了。只叹生死之别，空守情殇。整诗情致幽婉，思念绵长。

白居易所和之诗同写女子在深秋寒夜的无边守望。一样的明月寒霜，一样的孤人卧床，不同的是，张诗境界更重女子情思的悠远和长久，而白诗中，更多了一份女子内心深情的细腻展现。这种情感融于诗人对外景的描绘中，幻化成一种凄美的境界格调：月白渗浓霜，残灯寥寥，女子在寒夜中拂理卧床。这样的情景和动作可以激发出读者的进一步思索：诗中女子是经历了怎样的情感创伤，又是怀着怎样的心绪度过这个夜晚呢？下句诗人没有直言情深，只答“燕子楼中霜月夜，秋来只为一人长”，境界更加悠远，怀情更显深沉，实为佳句。

燕子楼诗三首 其二

唐·张仲素（769—819）白居易（772—846）

北邙松柏锁愁烟，燕子楼中思悄然。
自埋剑履歌尘散，红袖香销已十年。（张）

钿晕罗衫色似烟，几回欲著即潸然。
自从不舞霓裳曲，叠在空箱十一年。（白）

赏读

张诗此篇以叙事为主线，描写盼盼在爱人死后，仍念旧情，十年不嫁，孤守燕楼的故事。“北邙松柏锁愁烟，燕子楼中思悄然。”（北邙是洛阳北的一座山）言其山间松柏常青，时光飞散，愁烟依旧。盼盼不忘过去与相爱之人的深情，决然独守高楼，一待十年。蜿蜒不绝，情思似流水，思念悄然滑过，余响悠悠。自爱人去世后，盼盼“自埋剑履”，从此再没有可以让她歌舞绰约的人了，过去美丽动人的爱姬成了两世间爱情的孤守之人，已经过去了十年。

白居易和诗接张诗，细写盼盼的十年等待，华美的衣衫首饰似青烟迷乱，然而每想着妆即潸然泪下。所爱之人已死，自己如何装扮又能给何人看呢。“自从不舞霓裳曲，叠在空箱十一年。”既表现了盼盼对其爱人的追思深厚，又展现了其内心的悲凉境况。

两人的诗都是佳作，但仍有各自的不同风格。张诗开阔，白诗细腻，相互映衬，使得这三组和唱更显艺术价值。

燕子楼诗三首 其三

唐·张仲素（769—819）白居易（772—846）

适看鸿雁洛阳回，又睹玄禽逼社来。
瑶瑟玉箫无意绪，任从蛛网任从灰。（张）

今春有客洛阳回，曾到尚书墓上来。
见说白杨堪作柱，争教红粉不成灰？（白）

赏读

张仲素在最后一首诗中以春来秋往的时光变幻和世间事物的描写表现盼盼在时光中的长久等待和念念情深。首句巧妙地用鸿雁和玄禽的意象传达时令变幻的信息，同时体现盼盼的心境状况。鸿雁南飞，指代传书之意，鸿雁从洛阳来，是因为张尚书的墓在洛阳，这里实际上是诗人对盼盼的心思所作的一种臆想。而后秋天刚过，就见燕子归来，这里的“社”是春季里的一种祭祀活动，“逼社来”，就是指临近春天到来的意思。鸿雁飞信过后，不言寒冬，反写春来，这里主要抒发的是诗人对光阴流逝、年华倥偬的感叹。同时，盼盼看到鸿雁飞去，无法传情，燕子成双飞来，自己仍是一人孤寂，也深感造化弄人，身世漂荡。对比前诗“相思一夜情多少，地角天涯不是长”，另有一种风度。后书“瑶瑟玉箫”本是宝贵的器物，如今也无人在意，任凭落灰了。所谓“绮罗弦管，从此永休”，看似写景物，实是写盼盼低沉的心境。

白居易和诗言有客从洛阳来，将自己在张尚书墓前所见情景说之，白居易怀古感今，发表了自己对人世的见解。这里的客指的就是张仲素。他向白居易言说张尚书墓前白杨已枝高叶茂，粗可做柱了，白居易听之，深感时光冉冉，物是人非，世间事物本就是难以预料而又有自己的发展规律的，又怎能奢求红尘年少不会落地成灰呢？既表现了他对盼盼的同情，也表达了他对人生的态度。

以上三组唱和诗，体例相对，音律相和，意境相交，情思相辅。在相互照应的同时体现出了两位诗人不同的艺术气质和同样高超的艺术水平，实在是唱和诗中的佳作。

题都城南庄

唐·崔护（772—846）

去年今日此门中，人面桃花相映红。
人面不知何处在，桃花依旧笑春风。

|辑 评|

[清]吴乔《围炉诗话》:“唐人作诗，意细法密，如崔护‘人面不知何处去’，后改为‘人面只今何处在’，以有‘今’字，则前后交付明白，重字不惜也。”

赏读

崔护，字殷功，唐代博陵（今河北定州）人，生平事迹不详。关于此诗，《太平广记》记载："初护举进士不第，清明独游都城南，得居，花木丛萃，叩门久，有女子自门隙问之。对曰：'寻春独行，酒渴求饮。'女子启关，以盂水至，独倚小桃柯伫立，而意属殊厚。崔辞去，送至门，如不胜情而入，后绝不复至。及来岁清明，径往寻之，户扃无人，因题此诗于左扉。后数日，复往寻之，有老父出曰：'吾女笄年，知书，未适人，自去年已来，常恍惚若有所失，比日与之出。及归，见左扉有字，读之，入门而病，遂绝食，数日死。得非君耶，杀吾女。'持崔大哭，崔感恸，请入临，见其女俨然在床，举其首其股，哭而祝曰：'某在斯。'须臾，开目复活，老父大喜，遂以女归之。"以上真假多少，难再考究，但崔护的这两句诗着实抒情晓畅，读后细品余意不绝。

上句写去年今日，诗中人与女子相逢在这桃花巷间，人面桃花相映，一是写实景，二是写情境。才子佳人相遇，伫立相视，脉脉含情，顿生万千无言思绪，抬望间，便乘着花絮随春风而去了。"相映红"即是人面桃花之色，也是心生相惜之意。下句对比书写，

桃花依然盛放，“人面不知何处”。今日再游，已无昨日之人，但仍有桃花笑对春风。虽有离情，也显豁达。

整诗简洁朴素、意蕴自然。短短上下两句，四个小节，一个旧游相遇，今再游空余桃花的故事跃然纸上。既是言事，也是抒情，而且文笔重在抒情。此情如何抒发，作品分上下两部分描绘了去年、今日的同一场景。一样是春风拂柳，桃花泛红，不一样的是如今人面桃花已离散纷飞。此诗将故事场景放在同一空间之中，从时间上对比人事变迁，让人更感美好时光流逝、再游难觅伊人的现实，使人哀伤。另一方面，诗句遣词着句文风轻丽，语调欣然，不着重表哀怨之气，体现了诗人的心境和诗的主题：纵使今日我独赏桃花，“人面不知何处在”，看到这怡人春景，桃花相映，便似重回旧景，犹在伊畔，那人依旧在，含笑对春风。人总难把握住逝去的美好时光，那些只留在记忆中的人和物总能唤起诗人、诗作和读者之间的共鸣。正如本诗中的桃花之笑，既是诗中人眼中之景，也是他心中所忆，是桃花笑，也是少女笑。怀想人生游历，每个人内心都有一幕幕的巧笑嫣然，唏嘘之余，也应倍加珍惜。

遣悲怀三首 其一

唐・元稹（779—831）

谢公最小偏怜女，嫁与黔娄百事乖。
顾我无衣搜画箧，泥他沽酒拔金钗。
野蔬充膳甘长藿，落叶添薪仰古槐。
今日俸钱过十万，与君营奠复营斋。

| 辑 评 |

［清］毛张健《唐体余编》："四句极写'百事乖'（首四句下）。以反映收，语意沉痛（末二句下）。"

［清］黄叔灿《唐诗笺注》："此微之悼亡韦氏诗。通首说得哀惨，所谓贫贱夫妻也。'顾我'一言其妇德，'野蔬'一联，言其安贫。俸钱十万，仅为营奠营斋，真可哭杀。"

赏读

元稹，字微之，唐朝著名诗人、文学家。此诗是元稹怀念亡妻所作。元稹妻子韦丛是韦夏卿之女，小元稹五岁，二人婚后生活虽比较困苦，但感情一直很好。元和四年（809），元稹任监察御史时，韦丛病死，年仅二十七岁。元稹悲痛哀伤，写下了一些追念亡妻的诗作。这首《遣悲怀》就是其中之一。

该诗借用谢公和黔娄的典故来代指自己和妻子的生活经历。谢公指晋谢安，他的侄女嫁给了黔娄，乖巧温顺，为妻贤淑。黔娄，是战国时期，齐国有名的隐士和著名的道家学。这里代指清贫过世之人。

诗人与妻子结婚之后，生活艰苦贫困。丈夫没有衣穿，妻子就翻箱倒柜，为丈夫寻衣。丈夫没有买酒钱，妻子就拔下金钗，换钱买酒。夫妻日日清贫，时常以野蔬果腹，更是尽显生活艰苦。用落叶做薪柴，仰望古槐，感慨之余也不怨清贫。诗人用一幕幕清苦的生活场景再现了一个贤淑懂事，坚韧不拔的妻子形象，字里行间透露着对亡妻的感怀和追思，同时也表达了自己对妻子的歉意。

末句写时过境迁，如今自己已是功成名就，身家十万，可谓尽享荣华富贵。然而妻子已逝，纵然坐拥这世间繁华，却也不能和她一起共享，只能设祭追思。语言质朴晓畅，感情深刻真诚，使人读来不由泪下。

离思五首 其四

唐·元稹（779—831）

曾经沧海难为水，除却巫山不是云。
取次花丛懒回顾，半缘修道半缘君。

|辑 评|

[清] 史承豫《唐贤小三昧集》：“个中人语。”

赏读

这首诗出自元稹的《离思五首》，为追悼亡妻韦氏所作，缠绵深刻，感人肺腑。

“曾经沧海难为水，除却巫山不是云”两句成为传世佳句，原因之一在于其精妙的比喻。

《孟子·尽心》中说：“孔子登东山而小鲁，登泰山而小天下。故观于海者难为水，游于圣人之门者难为言。”见到过大海的人难以被其他河流所吸引，常在圣人门下接受熏陶的人很难对普通的观点和言论感到有趣。若是比于大海和巫山，他处景色皆无法入眼。元稹将自己对妻子的感情比喻为沧海之水和巫山之云，如大海之深广、巫山之美好。正是因此，才有了“取次花丛懒回顾”。“取次”意为“匆匆经过”，为何匆匆，因为“难为水”“不是云”，其他女子都不能让元稹产生这样深挚的感情了。“懒”字更是传神，“懒起画峨眉，弄妆梳洗迟”，一个是无心看花，一个是无心修饰花容。末句为“半缘修道半缘君”，更为缠绵深沉。修道其实是一种感情寄托，是在失去所爱之后的解脱方式，或者说修道之心应该是摒弃俗念、清净平和的，而元稹即便修道也难以放下心头悲伤，字字皆是痴情。清代秦朝釪《消寒诗话》云：“悼亡而曰‘半缘君’，亦可见其性情之薄也。”并未对这句诗有深刻理解。

赠去婢

唐·崔郊（？）

公子王孙逐后尘，绿珠垂泪滴罗巾。
侯门一入深如海，从此萧郎是路人。

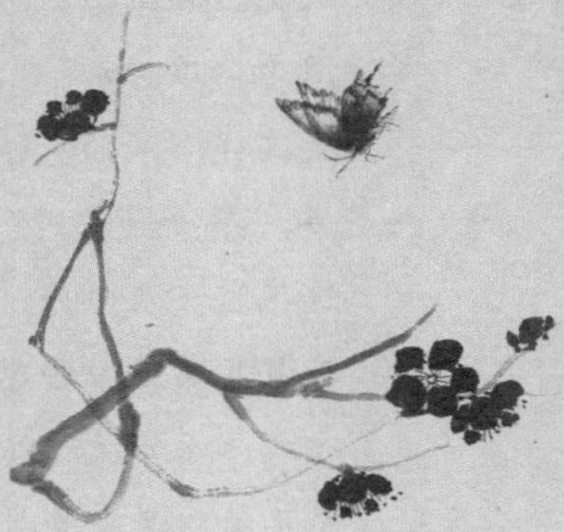

赏读

崔郊是唐朝元和年间的一个秀才，颇有才气。崔郊的姑姑家里有一位婢女，容貌端庄秀丽，且善音律，是当地有名的美人。因为家贫，崔郊的姑姑把这位婢女卖给了当时的显贵于頔，于頔对此女宠爱非常，下聘四十万钱。然而崔郊与这个婢女早已互生爱慕，两情相悦。寒食这一天，女子依约到柳树下与崔郊相见。二人相见后痛哭流涕，立下山盟海誓，崔郊写下了这首诗。后来这首诗被于頔见到，于頔便将崔郊请至家中，握着崔郊的手说："'侯门一入深似海，从此萧郎是路人。'这是先生的诗吧，我那四十万钱与这诗比起来，算得了什么呢？"于是赠婢女妆奁，让二人一起离开了。

"公子王孙逐后尘"，不亚于"五陵年少争缠头"，很有画面感地表现了女子的美貌。绿珠是西晋富豪石崇的宠妾，孙秀强取豪夺，使绿珠坠楼身亡。这里用绿珠的典故表达心爱之人被夺走的悲愤心情，同时也引出了"侯门一入"的情节。侯门往往指深宅大院，"深如海"的不仅仅是侯府大院，更是森严的封建道德对女子的约束，二人相见的机会也如大海捞针一样渺茫。"萧郎"在古代诗歌中指代倾慕的男子，情郎转眼成为路人，萧郎陌路，不可不谓哀怨。这句话之所以成为名句，常常用来表达情人陌路、好事难圆，是因为它表现的正是封建社会下真实的爱情悲剧。

苏小小墓

唐·李贺（791？—817？）

幽兰露，如啼眼。
无物结同心，烟花不堪剪。
草如茵，松如盖。
风为裳，水为佩。
油壁车，夕相待。
冷翠烛，劳光彩。
西陵下，风吹雨。

| 辑 评 |

［清］姚文燮《昌谷集注》："兰露啼痕，心伤不偶。风尘牢落，堪此折磨。迄今芳草青松，春风锦水，不足仿佛嬛妍。若当日空悬宝车，烧残翠烛，而良会维艰，则西陵之冷雨凄风，不犹是洒迟暮之泪耶？贺盖慷慨系之矣。"

赏读

李贺的诗歌想象丰富，瑰丽奇绝，因此被称为“诗鬼”。这首《苏小小墓》就是一首带有奇幻色彩的诗。

苏小小是杭州名妓，容颜动人，才貌双绝，当时的权贵纷纷拜倒在她的石榴裙下。然而红颜薄命，苏小小年仅二十岁就离开了人世，葬在了钱塘江畔的西陵。这首诗写苏小小，既写人，又写鬼，奇幻凄迷，是李贺“鬼诗”的代表作品。

前几句都是对苏小小墓周围景物的描写，是实写，并由物写到人。兰花上的露珠，仿佛苏小小流着泪的双眼。此处没有什么可以结成同心结的东西，这些似真似幻的花不能修剪。幽兰的意象营造了一个凄清空幽的意境，“烟花”更是让人感到寒气森森。草是她的席子，松树是她的车盖，这丝丝的风是她的衣裳，叮咚的泉水是她身上的环佩。一边写景，一边写人，把周围的景物尽数描绘的同时，也展现出了苏小小生前的光彩。人死万事空，李贺笔下的苏小小是一个幽怨的游魂，“无物结同心”，只有风雨做伴。生前的油壁车还等着她，那些烛火，枉自燃烧，却无人赴约，只有在这西陵下经受风吹雨打。整首诗幽奇诡谲，将苏小小孤独寂寞的形象刻画入骨，虽是写鬼，却能活灵活现，令人不禁为苏小小的爱情感叹。

有所思

唐·卢仝（795—835）

当时我醉美人家，美人颜色娇如花。
今日美人弃我去，青楼珠箔天之涯。
天涯娟娟姮娥月，三五二八盈又缺。
翠眉蝉鬓生别离，一望不见心断绝。
心断绝，几千里？
梦中醉卧巫山云，觉来泪滴湘江水。
湘江两岸花木深，美人不见愁人心。
含愁更奏绿绮琴，调高弦绝无知音。
美人兮美人，不知为暮雨兮为朝云。
相思一夜梅花发，忽到窗前疑是君。

| 辑 评 |

［元］辛文房《唐才子传》："唐诗体无遗，而仝之所作特异，自成一家，语尚奇谲，读者难解，识者易知。后来仿效比拟，遂为一格宗师。"

赏读

卢仝，初唐四杰卢照邻的后代。号玉川子，生活贫苦，爱好经史，精通诗词歌赋，性格孤傲不逊。《有所思》抒写了一个男子对其爱慕女子的苦心思念。

开篇写了男子与美人相遇，一见钟情，或许是在一个宴会上，诗中人遇到了一位美丽的女子，姿色绮丽，貌美绝伦，令人怜惜。其人深陷其中，对女子爱慕不已。然而如今美人已弃他而去，画楼高阁，玉石香烛，都挽不回相离的两人各居天涯。由此进一步联想到天涯边那娥眉般的月亮，在每月十五、十六的时候盈缺不定。星辰变幻印证了世事无常和人世间的分分离离。女子的愁容掩盖了她的美貌，离别的苦楚使人心伤泪断。诗中一句“心断绝，几千里”的诘问极尽哀伤，心断何处，所为何事，都化在旧梦不言中。

诗的下半部分由梦境虚写入题。梦中是巫山云雨，寓意男女情爱之心，而梦醒之后，感时伤怀，现实的孤寂使人泪下湘江。湘江两岸草木深深，繁茂的江边景色配上徐缓流逝的江水，别显一番闲愁意境。琴弦的音调带着情人的思念，然而已无人去听，知音不再。如此总总，不禁让人发出感叹，美人啊美人，我的万般深情如何才能传达到你身边呢。而在另一边，则是彻夜相思，晓来忽觉梅花开，伴依窗边，就好似情人相至。

楼上女儿曲

唐·卢仝（795—835）

谁家女儿楼上头，指挥婢子挂帘钩。
林花撩乱心之愁，卷却罗袖弹箜篌。
箜篌历乱五六弦，罗袖掩面啼向天。
相思弦断情不断，落花纷纷心欲穿。
心欲穿，凭栏干。
相忆柳条绿，相思锦帐寒。
直缘感君恩爱一回顾，使我双泪长珊珊。
我有娇靥待君笑，我有娇蛾待君扫。
莺花烂熳君不来，及至君来花已老。
心肠寸断谁得知，玉阶幂历生青草。

赏读

这首诗通过对闺中女子的生活形貌、内心情思的描述，生动展现了一个花季少女对爱情的向往和追求。

首句引出诗的女主人公，一位正处于青春年华的少女，楼头之上，吩咐着婢女挂帘钩。这样的动作和景象更是富有生气，真切动人，少女的形象跃然纸上。下句则情境有变，林木繁花撩起了少女内心的愁绪，她卷起自己的罗袖孤弹箜篌。少女的弹奏时时错乱，最后竟控制不住自己的情绪洒泪啼哭。“相思弦断”寓意少女的青春爱情遭受了挫折，然而她对爱情的执着和向往却不会因此而断。看着庭院落花纷纷，少女的内心满怀情伤。“心欲穿，凭栏干”极尽伤心之能事。下文进一步展现少女的相思别情，“相忆”是柳叶依依，春景袭人，更动春愁。“相思”是锦衾微寒，孤寂悲凉。回忆起与情人的种种过往，使得少女泪眼珊珊。下文抒发了少女对情人的寄托，趁我年华尚好，你赶快归来，不要等到时光流逝，青春不在，空留遗憾。“我有娇靥待君笑，我有娇蛾待君扫。莺花烂熳君不来，及至君来花已老”四句颇有无计留春、莫负青春之意。收尾以台阶青草寓意自己的念念真情。卢仝的诗作往往自上而下一以贯之，前后诗句之间具有词汇和意义上的联系，读来通晓顺畅，浑然一气。而又在结尾处一收势头，顿挫有致，富有情调。

赠别二首 其一

唐·杜牧（803—852？）

娉娉袅袅十三余，豆蔻梢头二月初。
春风十里扬州路，卷上珠帘总不如。

赏读

大和九年（835），杜牧由淮南节度使掌书记升任监察御史，离扬州奔赴长安。此诗为与扬州歌妓的分别之作，着重描绘了歌姬的美态，以表达自己的赞誉与喜爱之情。

十三余岁的青葱少女，正值美好时光。杜牧与其在扬州相遇相知，被其自然可爱所吸引，不由心生喜爱。一句简单的描写，便不着痕迹地尽显少女的清纯、美丽与自然。既没有刻意描绘其相貌，也没有对少女的美丽作空泛的夸赞，只是用了两个简单的信息便刻画出了一个活泼自然，娇俏美丽的少女形象：一是形态的描绘，“娉娉袅袅”；二是年龄的介绍，“十三余”。

“豆蔻梢头二月初”描写豆蔻花在初春时节发苗生长，含苞待放的姿态，意喻少女正处的人生阶段，如初春嫩芽蓬勃生长，尽显女性之美。

下句转换角度，用对比的手法进一步展现少女的美好样貌。诗人离开扬州，即将与喜爱的歌妓别离，纵使心怀忧思，也不能掩盖对她的真挚情感。春风十里，既是对扬州繁华景象的描绘，也是诗人心境的表达。如此一番美景，身旁有伊人相伴，自是人生快事。而末句更是借扬州好景反衬少女之芳。“卷上珠帘”，珠帘之下为何？想来是扬州的万千女子，尽显繁华美丽容貌。即便如此，依旧不如诗人眼中的这位歌妓美丽。极尽夸张，也尽显其人确有倾城美貌，同时我们也可以感受到诗人深深的不舍和留恋。

整首诗言赞美而不用常词，一来写春生豆蔻之貌，二来暗比胜过万千佳丽。用词着句不显不露，自然巧妙，颇有风格。

秋夕

唐·杜牧（803—852？）

银烛秋光冷画屏，轻罗小扇扑流萤。
天阶夜色凉如水，卧看牵牛织女星。

|辑 评|

[宋] 曾季貍《艇斋诗话》："小杜《秋夕》宫词云：'银烛秋光冷画屏……'含蓄有思致。星象甚多，而独言牛女，此所以见其为宫词也。"

[宋] 谢枋得《注解选唐诗》："此诗为宫中怨女作也。牵牛织女，一年一会，秦宫人望幸，至有三十六年不得见者。'卧看牵牛织女星'，隐然说一生不蒙幸，愿如牛女一夕之会，亦不可得。怨而不怒，真风人之诗。"

[清] 黄白山、朱之荆《增订唐诗摘钞》："烛光屏冷，情之所由生也。扑萤以戏，写忧也。看牛女，羡之也。"

赏读

这是一首深宫闺怨诗，诗人以精巧优美的词句勾勒出一幅宫中女子秋夕独思，自伤自哀的景象，表现了她孤寂的生活状况和内在凄凉的心境。

起笔写宫内室景，用一个“银”字的色彩特征，不仅描绘出烛光的容貌，还传达出了一份冷意，而这种环境上的“冷”正反映了所属季节的“秋光”。月色、烛光、秋意，种种光景照在画屏上，更显寂寥凄寒。深宫女子孤自手持团扇，扑扇流萤。轻罗小扇配合宫女“扑流萤”的动作显得含蓄委婉，一来传达出诗中人物的一种闲情，二来反映出宫女生活环境的凄清和她们内心世界的寂寥空虚。

下句继续写景。“天阶”是指宫中的普通台阶。秋夜里，烛光冷，月色寒，天阶似水，平常的一番景物在宫女的眼中显得别样凄冷。已是深秋夜晚，她们却无法入睡，进一步体现其人的闲愁别绪。台阶下，宫女一人望着天边的织女星，民间传说中，天帝最终同意牛郎织女每年有相见的机会，然而自己作为一个宫女，却好似要在这深秋院落中终生孤寂了。

诗句深切抒发了深宫女子对自己命运的哀叹和对爱情的渴望，氛围清冷，同时用黯淡的色彩将人物内心深处的情绪表现了出来。

南歌子词二首 其二

唐·温庭筠（812？—866）

井底点灯深烛伊，共郎长行莫围棋。
玲珑骰子安红豆，入骨相思知不知。

赏读

温庭筠的诗词多写花前月下，闺情绮怨，辞藻华丽，富有绮艳香软之风。该诗却是深情远韵，清丽淡雅，别有风貌。

该篇写女子对远行之人的思念。首句写女子对情郎的嘱托，巧用谐音，富有意趣。“井底点灯深烛伊”，这里的“深烛”既是“点灯”之果，也是谐音于“深嘱”。“共郎长行莫围棋”，这里的长行不单指行人远游，还指古代盛行于唐的一种博戏长行局。两人离别，我与你下一局长行局以示送别，还愿你不要违背了归来的期限，“围棋”取“违期”的谐音。一、二句用了两个谐音和双关，巧妙地表达了女子的深沉关切和不舍。

三、四句则富有生气地将红豆的相思意象融入诗句之中。“玲珑骰子”接上文长行之棋，这骰子宛如一粒粒红豆，寄寓着“我”对离别人的相思，希望以此来时刻提醒远行人，莫要延误了归期。玲珑骰子既可化作红豆，代指相思，也可意化为女子的心思。诗句中充满了女子对情人的苦情思绪，缠绵悱恻，情思绕结，深刻展现了女子的一片痴情。末了以一句“知不知”收尾，回环相问，声声动情，在节奏和音律上富有情致，可谓妙句。

无题

唐·李商隐（813？—858？）

相见时难别亦难，东风无力百花残。
春蚕到死丝方尽，蜡炬成灰泪始干。
晓镜但愁云鬓改，夜吟应觉月光寒。
蓬山此去无多路，青鸟殷勤为探看。

|辑 评|

[清]章燮《唐诗三百首注疏》卷五："（首句）难于相见，难于忘情。"

[清]朱鹤龄《重订李义山诗集笺注》："程梦星曰：'此诗似邂逅有力者，望其援引入朝，故不便明言，而属之无题也。起句言缱绻多情，次句言流光易去，三四言心情难已于仕进，五六言颜状亦觉其可怜，七八望其为王母青禽，庶得入蓬山之路也。'"

赏读

李商隐，字义山，号玉溪生，与杜牧合称“小李杜”，与温庭筠合称“温李”，擅长写爱情诗歌。李商隐的《无题》诗一直为其后历代文人墨客研习赞赏，其作文笔清丽脱俗，辞章规格精妙，韵律合声雅致，尤善于引经化典，然其最为后人所称道的，是诗作中所蕴含的深邃含蓄却又悠远开阔的思想主题。虽作“无题”之诗，实则句句有题。其往往能以精准独到的意象选择，描绘出一幅幅“昨夜星辰昨夜风，画楼西畔桂堂东”的丰富多彩的人生画卷。这首诗据说是李商隐青年时期在玉阳山学道时所作，当时玉阳山附近有一座灵都观，有一位女冠宋氏，名为宋华阳。年轻的李商隐和宋华阳相恋，但由于二人身份差异，便有了这首“相见时难别亦难”。

首联感叹相见难。相聚是何等不易，可是谁知相见后的分别，更是摧人心肝。更何况这番暮春东风，无计留春住，让人更觉悲戚。春天开始生长的蚕，拼尽短暂的一生，直到死去才吐尽蚕丝。蜡烛燃烧自己的生命，直到燃尽成灰，烛泪才停止流动，干涸下来。这份相思之情怕是要像春蚕和蜡烛一样，直到生命结束，才能停止下来。一句“东风无力”，刻画了整首

诗哀怨凄凉的感情基调。

首联和颔联中，连续使用了暮春时节的意象，将对情感的渲染层层推进。第三、四句中，“丝”与“思”谐音，暗指相思；烛泪暗指眼泪，一语双关，将难以言明的复杂感情变得具体化，成为古往今来表达相思之情的名句。

女子晨起梳妆，担心镜中容颜衰老，青丝变华发，而另一端的恋人，在夜晚对月沉吟之时，月色照人却感到寒气侵骨。诗人用对比的手法刻画了分别的恋人，月亮在中国古代诗歌中常用于寄托美好的情思或相思的情感，在这里却用来衬托人物凄凉的心情，可见诗人用心之别致。颔联为虚写，“但”和“应”表明这是诗人心中的推测，此后，明镜须少对，明月不忍看。

蓬山是传说中的海上仙山，虚渺难寻，诗人却寄希望于青鸟传递情思，李璟有“青鸟不传云外信，丁香空结雨中愁”句，此中情绪或许相似。

无题二首 其二

唐·李商隐（813？—858？）

重帏深下莫愁堂，卧后清宵细细长。
神女生涯原是梦，小姑居处本无郎。
风波不信菱枝弱，月露谁教桂叶香。
直道相思了无益，未妨惆怅是清狂。

| 辑 评 |

［清］冯浩《玉溪生诗集笺注》：“此种真沉沦悲愤、一字一泪之篇，乃不解者引入歧途，粗解者未披重雾，可慨久矣。”

赏读

此篇表面上书写了一位深闺女子的孤寂愁怨，实则是抒发了作者本人政治生涯曲折不遇的自伤情怀。

重重帷幕之下，静默清宵难度。思念着心上人的女子孤处无依，顾影自怜。去时匆匆无言，来日也再难相见。今留一人独卧，如何熬过这细长清宵？所言感时伤景，情深意切。

古有巫山神女与楚王在梦中相会，而今诗中人与相思之人的重逢也不过是大梦一场。人生中的相逢和离别本就如梦幻泡影，真假难辨，虚实相生。只是我们大多数人，都只能于梦境里体会那“神女生涯”，梦醒之后，依旧是独自一人，难免自怜自哀。

菱枝本柔弱，奈何要遭受尘世风雨的摧折，桂叶没有月光的映衬与露水的滋润又如何能够飘香。诗人用这样的意象传达出一种身世浮沉、人生坎坷的哀怨意境，也是对于在深闺中苦苦思念的女子的一种传神表述。

既有相思之情，必有相思之苦。情愁之间，辗转难寻归处。只可道，相思无益。既是无益，又何谈无妨？末句进一步描述了怀抱痴情之人为寻相忌的“痴”态，体现了哀怨至深。然情思虽苦，也当有以惆怅化清狂的心灵境界。

冬夜寄温飞卿

唐·鱼玄机（844？—871？）

苦思搜诗灯下吟，不眠长夜怕寒衾。
满庭木叶愁风起，透幌纱窗惜月沈。
疏散未闲终遂愿，盛衰空见本来心。
幽栖莫定梧桐处，暮雀啾啾空绕林。

|辑 评|

[明] 钟惺《名媛诗归》："绝句如此奥思，非真正有才情人未能刻划得出，即刻划得出，而音响不能爽亮……此其道在浅深隐显之间，尤须带有秀气耳。"

赏读

鱼玄机，唐代女诗人，长安（今陕西西安）人，名幼微，富有才情，与李冶、薛涛、刘采春并称唐代四大女诗人。鱼玄机的才名流传在长安的文坛上，不少文人才子都拜访过她，希望一睹芳容。温庭筠也不例外，他赞叹鱼玄机的才华，二人也成为忘年交。鱼玄机对温庭筠有了心动之感，又不敢直接告诉他，因此在鱼玄机写给温庭筠的诗中，处处可见委婉含蓄的相思情愫。

首联表明这首诗写于一个孤独的不眠之夜，“苦思搜诗”，可见诗人心中的孤独凄清非寻常文字可以表达，又暗喻了对温庭筠的思念之特别。风起月沉，已经是夜晚将尽，诗人彻夜未眠，本已孤独寂寞，竟连月亮都不肯陪伴。颈联两句颇有哲思。心愿难遂，盛衰有定，透出深深的无奈之感，更添凄凉。凤凰也不落梧桐，暮雀无处栖身，诗人把自己比作无巢之鸟，末尾“空绕林”透露出悲苦心绪。诗人触景生情，以文字作为感情发泄的出口，写自己孤寂的同时也表达了对对方的思念。

整首诗境界由小及广，从内而外地将诗人的思慕情绪娓娓道来。烛火、寒衾是孤身悲凉的境象，着笔于身旁之物的描绘，生出诗人内心的世界。人情疏散，世事盛衰，即便如此，对某些人、某些事的思念依然是难以忘怀。尾联中的暮色丛林，环绕着的不仅是燕雀的哀鸣，还伴有诗人的怀想和遗憾。

江陵愁望寄子安

唐·鱼玄机（844？—871？）

枫叶千枝复万枝，江桥掩映暮帆迟。
忆君心似西江水，日夜东流无歇时。

| 辑 评 |

[清] 王闿运《湘绮楼说诗》:“以‘东’‘西’二字相起，（其妙）非独人不觉，作者也不自知也。”“不能明言，但恰入人意。”

赏读

鱼玄机的这首七绝以延绵辗转的情致和和谐有意的韵调表现了女子对其心上人的相思。

首句以枫树之景兴起愁情，枫叶千枝万枝，重复的两个字之间形成一种递进关系。这种从一枝到万枝的复写，首先是对女子愁情繁复、枝枝节节、难以消散的具象表现。其次在音韵上也更有风貌，读来朗朗上口。日暮江边，秋水寒蝉凄冷，暮色之下是一片昏黄景象，灰暗的色调营造出一股凄冷孤寂的氛围，其人在江边遥望，枫枝和江桥投在她的视线里，望不到未归的孤帆。这样的描写将外在的景物带入了人物的内心情感里，“掩”和“迟”带动了读者的想象和思绪，加深了诗句的感情深度。

三、四句妙在使用了“东”“西”的对比，使得诗句的韵调更加婉转有致，细读有余音回绕。诗人将对情人的思念化作西江流水，日夜流淌，永不停息。这也是诗句中常见的意象，以情入江河，悠远、绵长、深厚。配合上句的晚秋江景，一如深情融入水中，伴着枫叶飘散，传达到幕帆之处。

寄人

后蜀·张泌（？）

别梦依依到谢家，小廊回合曲阑斜。
多情只有春庭月，犹为离人照落花。

|辑 评|

[明] 敖英、凌云《唐诗绝句类选》："末二句无情翻出有情。"

[清] 徐釚《词苑丛谈》："张泌仕南唐为内史舍人，初与邻女浣衣相善，作《江神子》词云：'浣花溪上见卿卿，眼波明，黛眉轻。高绾绿云，低簇小蜻蜓。好是问他知得么？和笑道，莫多情。'后经年不复相见。张夜梦之，寄绝句云：'别梦依依到谢家……'"

赏读

张泌是五代时期后蜀词人，花间派代表人物之一，与晚唐诸多诗人一样，为了科考及第而滞留在长安，漂泊生活。

诗人昔年与佳人相遇，一朝倾心定情。无奈世事难料，劳燕分飞。日思夜想中，诗人在一晚的梦里，回到了当年与情人期会的庭院。在梦中，诗人又走到了当初的回廊下，曾经的言笑晏晏依稀在耳，那曲曲折折的，还是曾经一同倚过的阑干。而今所思之人已经不知何处，梦中也不肯相见，这曲折的阑干仿佛是诗人无法排解的心情，百转千回。惆怅之中，诗人看到了静静地照着这庭院的一轮明月。人走花落，只有它仍旧日复一日地笼罩着这庭院，从未离开，似乎比人还要有情。

名为《寄人》，实则是用一首诗来代替自己所想而寄给情人的一封信，表达自己希望与女子再次相见的心情。诗人用典型的意象营造了一个安静深沉的意境，含蓄地进行剖白。春庭小廊，明月落花，无一字相思语，却字字都是痴情意。

落花

宋·宋祁（998—1061）

坠素翻红各自伤，青楼烟雨忍相忘。
将飞更作回风舞，已落犹成半面妆。
沧海客归珠有泪，章台人去骨遗香。
可能无意传双蝶，尽付芳心与蜜房。

辑评

［宋］刘克庄《后村诗话》："'将飞更作回风舞，已落犹成半面妆'，宋景文《落花》诗也，为世所称，然义山固已云已。"

赏读

宋祁,北宋文学家。因其名句“红杏枝头春意闹”,被称为“红杏尚书”。

这是一首借咏物写离情的诗。“坠素”是指凋落的白色的花,“翻红”则是指飘零的红花。首句以花起兴,将自己和分离的恋人比作“坠素”“翻红”,分离犹如春去,留下孤单的人各自哀伤。看到这样落花景象,不由得让人想起烟雨迷蒙的青楼中那些美好的日子,怎么忍心忘记呢?“青楼”在这里应作本意,指青色的楼房。接下来继续描写落花,“更作”二字流露出花瓣即将零落成泥的不甘,犹自翻飞、落在地上的那些花瓣,仿佛是美人的半面妆容。这一联对落花的动态描写,极尽缠绵,如同诗人对于爱情的执着。“沧海”句化用于李商隐的“沧海月明珠有泪”。沧海已逝,鲛人遗泪,诗人身处此情此景中,触景生情,不禁流泪。“章台”指长安中的一条街道,人去楼空,而落花上还遗留着香气,这香气无意间引来了一对蝴蝶,将落花的芳心带向蜜蜂的蜂巢。三、四联借落花表达诗人自己的情思,奋不顾身,一往情深。题为咏物,实则是在写诗人自己,在诗人眼中,追求爱情的自己和落花有某种相似:花开美好又短暂,如同爱情;而落花凄怆又壮烈,一如自己对于爱情的一往无前。诗人通过自己的联想将二者联系在一起,感情深挚浓烈,以花喻人,含蓄蕴藉。

怨

明·冯小青（？）

新妆竟与画图争，知是昭阳第几名？
瘦影自临春水照，卿须怜我我怜卿。

| 辑 评 |

[清] 鸳湖烟水散人《女才子书》："千百年来，艳女、才女、怨女，未有一人如小青者。"

赏读

冯小青，名玄玄，字小青，明朝万历年间扬州人。本诗虽题为一个“怨”字，却与一般闺怨诗中所传达的怨有所不同，它在愁思的同时多了一份淡然，在深情的背后少了些繁复的思绪，多了些对真情的单纯期盼。整首诗清新自然，愁而不怨。

女子化好美丽的妆容，然而却无人欣赏，只能与画像中的人物一争高下，这画中之人是自己还是他人？无论如何，能看出的都只剩往事里的空残愁烟了。金珠玉石，烨烨华章，怎样的情形才能换回情人的一番真心呢？诗人将自己的愁苦容貌与画像相比较，一则说出了她处在一种恍然无事的“闲愁”之中，另外自问与天下美人相比若何，更传达出了其人内心深处的一种“怨”。小青因受人排挤，生活不顺，爱情遭受挫折，而孤傲的内心又使她独居一处。对爱人的思念又使得她不断忍受着苦苦的煎熬，这样的惆怅和矛盾始终环绕在她的身边。情伤使人消瘦，看着水中倒影，诗人不禁自怜自艾，内心和身体遭受双重摧残，影中的自己又是怎样的一番样貌呢？对比倒影中的灿烂春色，更衬托出其人的情形凄凉。末了祈愿，对方和自己都能不忘走过的这一片深情，互相怜惜，相爱相守。怎奈这也只是诗人的一种美好愿景，现实总是不能遂人心意，诗人传达的情深之念终究也不过是一场空旷，令人更感寂寥忧伤。

马嵬

清·袁枚（1716—1798）

莫唱当年长恨歌，人间亦自有银河。
石壕村里夫妻别，泪比长生殿上多。

|辑 评|

[清] 吴应和《浙西六家诗钞》：“沉痛，足以动人，咏古诸作并传无疑。”

赏读

袁枚，清代诗人、散文家、美食家，字子才，号简斋，晚号随园主人。这是一首反映民间爱情的诗，但意义深远。诗人将人间故事与牛郎织女相比，将《石壕吏》中的夫妻相别与唐玄宗和杨贵妃的爱情相比，反映出了诗人对民众的关心，以及对统治者的讽刺，具有很强的现实主义色彩。

《长恨歌》是白居易的一首长篇叙事诗，讲述了唐玄宗和杨贵妃的爱情悲剧，诗人将《长恨歌》作为比较对象，也表现了诗人对于唐玄宗和杨贵妃的爱情悲剧的同情。马嵬驿前，六军不发，唐玄宗无奈之下赐死杨玉环，“马嵬坡下泥土中，不见玉颜空死处”，诗人以“马嵬”为题，以此代指生离死别的爱情悲剧。“银河”指代牛郎织女的故事，这里是说人间也有像牛郎织女那样的有情人，也有像唐玄宗和杨贵妃这样的悲剧。“石壕村”出自杜甫的叙事诗《石壕吏》，表现了一对老夫妻的悲惨遭遇，战乱年代，兵力匮乏，统治者的大肆征兵，导致“老翁逾墙走”，老妇“急应河阳役”，夫妻生离，这其中的辛酸悲痛，并不比唐玄宗和杨贵妃的死别要少啊！诗人以普通民众的遭遇对比帝王的遭遇，是对人间真情的称赞，也是对统治者的批判：石壕村里夫妻相别留下的泪，正是那在长生殿上的人造成的啊！全诗在感情上略显悲戚，但却批判有力，反映了真实的历史面貌。

绮怀十六首其十五

清·黄景仁（1749—1783）

几回花下坐吹箫，银汉红墙入望遥。
似此星辰非昨夜，为谁风露立中宵。
缠绵思尽抽残茧，宛转心伤剥后蕉。
三五年时三五月，可怜杯酒不曾消。

|辑 评|

[清] 张维屏："夫是之谓天才，夫是之谓仙才，自古一代无几人，近求之，百余年以来，其惟黄仲则乎。"

赏读

黄景仁，清代诗人，字汉镛，一字仲则，号鹿菲子，今常州武进县人。黄景仁是黄庭坚的后人，四岁便成了孤儿，生活潦倒，其诗歌也多抒发寂寥穷困之意。

题为“绮怀”，意为美好的情怀，然而这种梦幻的美好思绪往往只能存于心中，自然有一种求而不得的无奈悲凉。就如同回忆中那些花下的相遇，虽然美好，然而伊人却在红墙的那边，如同天上的银河遥不可及，只能远远观望。“似此星辰非昨夜，为谁风露立中宵”是历代传诵的名句，如今的星辰已经不是昨夜映衬着二人花下吹箫的星辰，今夜只有诗人独自一人，雨露寒风中久久伫立，直至深夜，刻画出一个月下孤寂的身影，痴痴独立，痴痴等待。接下来便是描写独立中宵时心中的绝望心情，将缠绵情思比喻为蚕思，将自己的心比喻为芭蕉，自己的思念如同被抽尽的茧，心已成空。这重重的思念折磨，让自己的心像是被剥了皮的芭蕉，痛苦无依，两个贴切的比喻将诗人心中的悲痛绝望抽丝剥茧地展现出来，一如离别的残忍。

“三五年时三五月”，正是那时花下吹箫的美好时节，酒能消愁，却消不了这片片回忆，最让人感到痛苦的便是想忘而不能忘，“可怜”二字流露出的感伤、痛苦和绝望，让人不堪重负。首尾照应，共同点题“绮怀”，笔下相逢如同一场绮梦。

小磨诗坊·爱情

词

浪淘沙

唐·白居易（772—846）

借问江潮与海水，何似君情与妾心？
相恨不如潮有信，相思始觉海非深。

赏读

这是一首与七言绝句体例相同的词，是白居易的自度曲。白居易是“新乐府运动”的倡导者，诗歌风格质朴通俗，语言优美。这首词清新自然又含蓄婉转，短短四句，用自问自答的方式细致入微地刻画了一位闺中女子的心情。

江潮与海水，在古诗中常常与爱情联系在一起。江流绵长，沧海深广，故经常用来比喻爱情：“曾经沧海难为水”“忆君心似西江水”……首句便以女子的口吻发问，江潮与海水如何能与君情妾心相比呢？江潮有信，而君心却不似潮水，不免联想到“商人重利轻别离”。南宋词人吕本中《采桑子》：“恨君不似江楼月，南北东西，南北东西，只有相随无别离。”也与此句词意相似。唐代商品经济快速发展，商人群体壮大，也出现了许多“去来江口守空船”的商人妇，这是当时社会现象的真实反映。而下一句笔锋忽转，将妾心与海水相比，君情不若潮水，妾心相思却是比与海水更深！虽怨不哀，更有一层执着之意。这首闺怨词在一问一答中，隐隐透露出词中女子之孤寂，问君归期未有期，唯有独自沉思遣怀。

长相思·汴水流

唐·白居易（772—846）

汴水流，泗水流，流到瓜州古渡头。吴山点点愁。

思悠悠，恨悠悠，恨到归时方始休。月明人倚楼。

|辑 评|

［宋］黄升《花庵词选》：“此词上四句，皆谈钱塘景。”

俞陛云《唐五代两宋词选释》：“此词若‘晴空冰柱’，通体虚明，不着迹象，而含情无际。由‘汴’而‘泗’而江，心逐流波，愈行愈远，直到天末吴山，仍是愁痕点点，凌虚着想，音调复动宕入古。第四句用一‘愁’字，而前三句皆化‘愁’痕，否则汴泗交流，与人何涉耶！结句盼归时之人月同圆，昔日愁眼中山色江光，皆入倚楼一笑矣。”

赏读

该篇是中唐时期比较成熟的词作，表达了女子对心上人的悠长怀思。

上片看似写景，实则言情。“汴水流，泗水流，流到瓜州古渡头。”接连的三个“流”字既在音律上增强了作品的韵律美，使人读来朗朗上口，错落有致，更将女子对爱人的思念之心传达得富有形色。汴水与泗水是分属河南和山东的两条河流，最终两河交汇，融入淮河。首句意寓着二人的深情正如这蜿蜒河流，缠绵悠长，流淌不息，最终归于一处，也是对两人能够早日相聚的一种期盼。两河流至瓜州古渡口，进入长江，向着更远的地方流去，寄予着更深的情谊。“吴山点点愁”，许多评论者对该句赞赏有加，如陈廷焯云：“‘吴山点点愁’，五字精警。”抒情深厚而又雅致。“点点”两字既是写山，也是写情，最终归于一个“愁”字，收笔有力，一字带起前文景物，皆为人情。

“思悠悠，恨悠悠”，两个相同的叠词比较上片更加有力，情入词中，思念悠长，带起的恨意也悠长，而这种情感何时能够停息，大概要等到他归来的时候了。“恨到归时方始休”，尽显情深刻骨。收拍将情绪收敛，明月依稀，影照高楼。这样的处理使得诗句在风度上显得委婉曲折，情思强烈之余不失悠然情致，而这样的寂静画面，也进一步加深了前文中的思、恨之情。

更漏子

唐·温庭筠（812？—866？）

玉炉香，红蜡泪，偏照画堂秋思。眉翠薄，鬓云残，夜长衾枕寒。

梧桐树，三更雨，不道离情正苦。一叶叶，一声声，空阶滴到明。

|辑 评|

[清] 谢章铤《赌棋山庄词话》："温尉词当看其清真，不当看其繁缛。……'梧桐树，三更雨，不道离情正苦。一叶叶，一声声，空阶滴到明。'语弥淡，情弥苦，非奇丽为佳矣。"

赏读

温庭筠为晚唐文人，富有文才，为人恃才傲物，桀骜不羁，好讥讽权贵，因而屡试不第。但其每入试作诗，往往能才思喷涌，号称八叉手而八韵成，有“温八叉”“温八吟”之称。其诗作与李商隐齐名，号称“温李”，其词风格华丽，辞藻精美，温婉雅致，被认为是“花间派”的首要词人。诗词创作多以描写闲适胸怀、幽静闺情为主。文风浓艳而不露俗，富有淡雅声情。其作品对后世创作产生了不可忽视的影响。

此篇《更漏子》也是一篇描绘女子闺情的词作。上片是一番深闺夜景描写：玉炉生香，情思袅袅；红蜡垂泪，滴滴落上心头。女子身居闺中，孤寥清夜，对景默然。玉炉红蜡，作为常见的家居物品，这里代表了特殊的意象：青烟渺渺，无色无声，烛光摇曳，时间仿佛随泪一一滑落，漫漫长夜，思念着心上人的女子独处无依，呈现出深闺女子孤苦寂寞、空守相思的凄清意境。起笔以物言情，而下文直写秋思，夜光下，画堂朱户，华贵更偏显清冷，难掩女子愁思。“眉翠薄，鬓云残”，一个“薄”字，一个“残”字，尽写离情苦。眉间的颜色已是渐渐稀薄，鬓发也随时间越发零落，可见其情愁之深，相思之苦，更叫人难以入睡。长夜里，

寒衾如水，心亦薄凉。上半段借物言人，衬托凄清之境，对词中人物的内心情感做了细腻的描绘。

下半段将场景拉大，夜已三更，忽有滴答声落，伴着梧桐萧瑟，女子内心黯然。“不道离情正苦”，只能道残雨挂疏桐。场景的变换和时间的进一步发展，加深了词中人情感的深度。寂寥秋夜，梧桐密雨，一边是淅沥雨声，一边是默默无言。“一叶叶，一声声”不再是简单的自然风雨，而是包含着深邃的情思和难言的惆怅。“秋”“夜”“寒”“雨”“叶”等词传达出心悲意凉的意境。场景最后归于一句“空阶滴到明”，可谓情景两至，情深毕现。萧疏秋雨跨过长夜，留残滴响空阶，而世间人情，也似这雨息天霁，日月交替，流流转转，相思不换。

整篇词作，清浅中显精妙，境界空灵，令人感物而通情。

女冠子二首 其一

唐·韦庄（836？—910？）

四月十七，正是去年今日，别君时。忍泪佯低面，含羞半敛眉。

不知魂已断，空有梦相随。除却天边月，没人知。

辑评

[明]卓人月《古今词统》："徐士俊：冲口而出，不假妆砌。"

[清]陈廷焯《云韶集》："起得洒落。'忍泪'十字，真写得出。"

刘永济《唐五代两宋词简析》："此二首（包括后一首《女冠子·昨夜夜半》）乃追念其宠姬之词。前首是回忆临别时情事，后首则梦中相见之情事也。明言'四月十七'者，姬人被夺之日，不能忘也。"

赏读

韦庄是晚唐著名诗人、词人，词风清丽，情致深婉，是“花间派”代表人物，擅长描写闺情闺怨。这是一首以女子口吻来写的回忆之作，上片回忆分别情景，以白描的方式细致地表现了女子在与情人分离时的情态。下片转写分别之后的心情，深情哀婉。

首句叙事，点名了分离的时间，“正是”一语仿佛将去年此时带到眼前，为下文的描写做铺垫。“去年今日”的写法见于“去年今日此门中”，首句就将人带入一个虚化的回忆情景。“忍泪佯低面，含羞半敛眉”一句仍是回忆，强忍着将要流下的眼泪，假装低下头，害羞地微微皱眉，细节描写非常到位，一个梨花带雨的娇羞形象跃然纸上。去年发生的事情，回忆起来却如在眼前，“佯”和“半”将人物内心复杂的情感表现得委婉生动，欲说还休。离别之后，心魂难系，只有在梦里才能相见。“空有”表现出这种梦中相聚的无奈和哀怨。元稹有诗“唯梦闲人不梦君”，因为只梦到些不相干的人梦不到想见的人而感到伤感。而此处，梦中昙花一现般的相见却让人更加感到悲伤。这种孤独和相思之情无处排解，只好说与天边的月亮听，有“此时相望不相闻，愿逐月华流照君”的诗意。但是月亮又能做得了什么呢？相思说给月亮也无人回应，只有这明月照着孤寂的身影，更显孤单罢了。

荷叶杯

唐 · 韦庄（836？—910？）

记得那年花下，深夜，初识谢娘时。水堂西面画帘垂，携手暗相期。

惆怅晓莺残月，相别，从此隔音尘。如今俱是异乡人，相见更无因。

| 辑 评 |

[清] 吴衡照《莲子居词话》:“韦相清空善转，殆与温尉异曲同工。所赋《荷叶杯》，真能摽擗之忧，发踟蹰之爱。”

唐圭璋《唐宋词简释》:“此首伤今怀昔。‘记得’以下，直至相别，皆回忆当年初识及相别时之情景。‘从此’以下三句，言别后之思念，语浅情深。”

赏读

据杨偍《古今词话》记载:“韦庄有宠姬,姿质艳丽,兼擅词翰,为蜀主王建所夺,于是作《荷叶杯》《小重山》等词,词流入禁宫,姬闻之不食而死。”虽然《古今词话》中对于韦庄和其宠姬的记载未必真实,但是这首词从深情到悲情,层层铺垫,足见词人情意深长。

首句以回忆入手,深夜花下,情人初见,如此良辰,遇此良人。接着写到定情,清风水塘,画帘四垂,与上句所写静谧夜景又不甚相同,清新明丽,衬托了诗人和自己的情人相恋的快乐心情。两相执手,窃窃私语,恋人之间的甜蜜缠绵,一个“暗”字,含蓄而又有深意。然而,越是美好的回忆、刻骨铭心的感情,分别的现实越让人感到痛苦,诗人直言“惆怅”,可“晓莺残月”其中暗含的情绪何止惆怅?正是凌晨,太阳将出未出时分,莺鸣让彻夜未眠之人更感心烦,未消失的残月还照着不眠人,其中痛苦,惆怅难言。别后必是山水远隔,而“俱是异乡人”,更让人心碎,如今你之于我是异乡人,我之于你也是异乡人了,昔日情人已以他处为乡,物是人非,无因相见,形同陌路。行文至此,词意已是一路低沉,“更”字将悲恸的情绪推向了最高峰,不仅人处异乡,即使有机会相见,也无意相见了。

菩萨蛮五首其一

唐·韦庄（836？—910？）

红楼别夜堪惆怅，香灯半卷流苏帐。残月出门时，美人和泪辞。

琵琶金翠羽，弦上黄莺语。劝我早还家，绿窗人似花。

|辑 评|

[清] 许昂霄《词综偶评》："语意自然，无刻画之痕。"

[清] 陈廷焯《词则雅集》："深情苦调，意婉词直，屈子《九章》之遗。"

赏读

这首词是韦庄回忆当年与恋人离别之作。

上片描写别时情景。“红楼”“香灯”“流苏帐”等意象，营造了一个甜蜜温馨的意境，如此好景，偏偏是别夜，怎能不令人感到无比惆怅？装饰着流苏的帐子还半卷着，灯光跳动，映照着无心睡眠的人。就这样一直惆怅到了残月将近之时，才依依不舍地离开，告别时，伊人脸上还流着不舍的泪水。诗人将离别之夜的光景描绘得如此清晰，可见当时或是一夜未眠，执手相看泪眼。

下片将思绪转到了眼前，“金翠羽”指琵琶上的装饰物，或指弹琵琶的歌女的饰品。琵琶弦上说相思，如今听到这缠绵婉转如同黄莺鸣叫的琵琶声，仿佛是在劝我早日回家，不由得想到绿色的窗户旁，伊人颜容如花，正在等我回去。“绿窗”是绿色的纱窗，常用来指代女子的闺房。借黄莺之口，表达归乡心切，从而表现出词人对于离别已久的恋人的相思之情，如此心曲婉转含蓄，令人称叹。而“绿窗人似花”一句仿佛在暗示时不我待，流露出词人心中的迫切。

韦庄的词淡雅清丽，这首小词虽然运用了较为华丽的意象，却脱不出清新的词境，结句构思奇特，自然流露，曲尽意远。

菩萨蛮

唐·无名氏（？）

枕前发尽千般愿，要休且待青山烂。水面上秤锤浮，直待黄河彻底枯。

白日参辰现，北斗回南面。休即未能休，且待三更见日头。

赏读

这首词和两汉时期的《上邪》异曲同工，以种种不可能之事立誓来表明“此情不能休”。《上邪》中写道：“山无陵，江水为竭。冬雷震震，夏雨雪。天地合，乃敢与君绝”，以质朴直接的语言将爱情宣言奋力呼喊。这首《菩萨蛮》显然受到了《上邪》的影响，用同样的方式表达“未能休”的坚定，语言上却不同于两汉诗歌的浑然质朴，大胆泼辣，更具有五代时期特色。

开篇温柔而又热烈，“枕前”的呢喃细语，却是要说尽所有的誓言，千般愿又怎能说尽？暗含了下文中所说种种不可能发生的情况，正是“要休且待青山烂”。短短几句，三次重复“且待”“直待”“且待”，感情一次比一次强烈、真挚。参星在西方，辰星（即商星）在东方，二者在星空中此出彼没，彼出此没，古人以此比喻彼此对立，不和睦。北斗星位于天空的北方，可指引方向。词人将青山、黄河、参辰、北斗、日头纳入自己的想象中，一气铺排，这种容纳了天地山川的奇伟想象，足见感情之炙热。爱情与宇宙一样永恒，这样的想象正符合了人类对于情感、生命的认识。青山不改，绿水长流，星辰变幻，昼夜更迭，而人类情感也与宇宙万物同在。这般强烈又坚定的表白，却用了“祈愿”的方式，又流露出了一份虔诚和真挚，语言表达直白大胆，淳朴自然，感染人心，表现了最真实的情感，因此得以流传千古。

诉衷情

五代·顾夐（？）

永夜抛人何处去？绝来音。香阁掩，眉敛，月将沉。

争忍不相寻？怨孤衾。换我心，为你心，始知相忆深。

|辑 评|

[清] 王闿运《湘绮楼词选》:“亦是对面写照。有嘲有怨，放刁放娇，《诗》所谓‘无庶予子憎’，正是一种意。”

[清] 王士禛《花草蒙拾》:“顾太尉‘换我心，为你心，始知相忆深’，自是透骨情语。徐山民（照）‘妾心移得在君心，方知人恨深’，全袭此。然已为柳七滥觞。”

赏读

顾敻，五代词人，生卒年不详，花间派词人，其词均为描写男女艳情之作。

这是一首闺怨诗，以女子的口吻表达被抛弃的怨恨感情，这其中有怨，有嗔，亦有情，以不断变化的心理活动刻画了一位内心矛盾复杂的女子形象。首句便言明了自己的处境，漫漫长夜，你抛下我要到哪里去？也没有一点点音讯传来。“抛”和“绝”，写出了男子的无情，也衬托了女子的无助和哀怨。“永夜”二字表明女子仍未入眠，心中的疑惑尚未解答，或者是男子离开时也是这样的一个夜晚。下句描写当前场景：房门紧闭，眉头低敛，斜月将沉，已经是夜晚快要结束的时候了，可见女主人公彻夜未眠，似乎在等待什么，然而整夜的等待没有结果，心也像月亮一样，缓缓沉了下去。“争忍”一句，感情又出现了起伏，前文是沉默孤独，到这里则是怨恨矛盾，怎么能忍心不去寻找你呢？孤衾难眠，让人怨恨，这自言自语中透露着爱恨交加和对情人的无奈。无奈之后，又是更深的无力，只能自我安慰：把我的心换成你的心，你才会知道我对你的相思有多深。前文或怨或恨，而到这里，则俨然是情人之间的对话方式，一位女子的嗔痴跃然纸上，同时也流露出女子对男子情之深刻，故而有此痴妄幻想，王世禛在《花草蒙拾》中评价这一句为“透骨情语”。

生查子

五代・牛希济（872？—？）

春山烟欲收，天澹星稀小。残月脸边明，别泪临清晓。

语已多，情未了，回首犹重道：记得绿罗裙，处处怜芳草。

| 辑 评 |

俞陛云《唐五代两宋词选释》：“牛希济《生查子》言清晓欲别，次第写来，与《片玉词》之‘泪花落枕红绵冷’词相似。下阕言行人已去，犹回首丁宁，可见眷恋之殷。结句见天涯芳草，便忆及翠裙，表‘长勿相忘’之意。”

李冰若《栩庄漫记》：“‘记得绿罗裙，处处怜芳草’，词旨悱恻温厚，而造句近乎自然。岂飞卿辈所可企及？‘语已多，情未了，回首犹重道’，将人人共有之情，和盘托出，是为善于言情。”

赏读

牛希济是一位五代词人，陇西（今甘肃）人。本篇是一首恋人离别之作，上片描写别时景物，下片描写别时心情，构思巧妙，寓意深婉。

“清晓”二字点名此时正是春日凌晨时分。山间的烟雾在晨光熹微中渐渐敛起，天色渐明，稀疏可见的几颗晨星也闪烁着即将消失了。“春山烟欲收”，暗示着离别之时已经近在眼前，相处的时间越来越短，暗含了离别之人随着这残夜散去而渐渐收紧的心情。“残月”二句构思用意极为巧妙，残月映照着女子弯弯的脸庞，晓色辉映着女子脸上的清泪，写人写景融为一体。上片对别时景的描写为下片的抒情营造了氛围。临别叮咛的话语已经说了很多，但是天色已明，情意难尽，纵是再有一天一夜，怕也还有千言万语讲不完。忍痛告别，人已上路，又回首嘱咐：‘记得绿罗裙，处处怜芳草。”女子想到离别之后相见难期，生怕恋人忘记自己，却又难以直白地表达，只说：你看到那些花花草草，要想起我呀！“绿罗裙”指的即是女子自己，她委婉含蓄地提醒恋人记得睹物思人，流露了心中对于两情长久的祈盼，景物和情感巧妙地结合，颇有意趣。五代时期的爱情诗词多辞采华丽，浮靡浓艳，而牛希济则擅长白描，语言清俊，这首词语浅情远，却也自有缠绵。

长相思

宋·林逋（967—1028）

吴山青，越山青。两岸青山相送迎，谁知离别情？
君泪盈，妾泪盈。罗带同心结未成，江头潮已平。

|辑评|

［清］彭孙遹《金粟词话》：“林处士妻梅子鹤可称千古高风。乃其《长相思》惜别词云云，何等风致。闲情一赋，讵必玉瑕珠颣耶。”

赏读

林逋是北宋初年著名的隐士，居于杭州西湖边的孤山，远离人世，孤高自许，一生偏爱种梅养鹤，终身未娶，被人称为“梅妻鹤子”。林逋的这篇词以女子的视角讲述了一个凄美的爱情故事，表达了女子对其不幸爱情的哀怨悲伤。

首句以回环咏唱为特点，“吴山青，越山青”，山间好景正如相爱二人的青春时光，奈何江水阻隔了两山的相见，现实中则是两人被迫分别，无法在一起。两岸的青山映照着往来的行客，山水悠悠，却无人能够共赏，更显爱情失意之状。诗人以青山绿水、碧空如洗的美景来对应人世间的分离，再来诘问山水，谁能懂我心中的别离之情呢？上片将语言环境的氛围由轻快转向沉重，引出诗词主旨。

下片直抒情感，君也泪盈，妾也泪盈。情深入骨，离别之际，回想过去，不禁感怀深切，泪眼阑珊。“罗带同心结未成”暗喻两人的不幸命运，“同心结”未成，即是爱情破灭，情难再续。即便是两人都怀着对对方的深沉爱恋，也改变不了现实和命运的无情阻挠。收拍一句“江头潮已平”，意寓沉重，有情人深知情已无缘，只能各自怀抱相思之苦，痛彻心扉。相爱的两人又何必互相为难，人已散，情亦散，不如各相安好，留一份温情思念。但真情犹在，潮水平息，这一江离情又能归于何处呢？

蝶恋花

宋·柳永（984？—1053？）

伫倚危楼风细细，望极春愁，黯黯生天际。草色烟光残照里，无言谁会凭阑意？

拟把疏狂图一醉，对酒当歌，强乐还无味。衣带渐宽终不悔，为伊消得人憔悴。

|辑 评|

俞陛云《唐五代两宋词选释》：“长守尾生抱柱之信，拼减沈郎腰带之围，真情至语。”唐圭璋《唐宋词简释》：“此首上片写境，下片抒情。‘伫倚’三句，写远望愁生。‘草色’两句，实写所见冷落景象与伤高念远之意。换头深婉。‘拟把’句，与‘衣带’两句，更柔厚。与‘不辞镜里朱颜瘦’语，同合风人之旨。”

| 赏读 |

柳永，宋代词人，擅长创作慢词，是婉约派代表人物。做举人时流连于章台楼馆间，经常为歌女填词，人人传唱，故有“凡有井水饮处，即能歌柳词”。

此篇《蝶恋花》为一首伤景怀人之词。通过描绘主人公登高临远，望断春愁，凭阑对酒等形象表达其怀人相思之意。词句间尽显柳词特有的豪放与婉约并蓄，白描与抒情并举，读来韵律优美，感情深沉。胡寅评价柳永：“词曲者，古乐府之末造也。……柳耆卿后出，掩众制而尽其妙，好之者以为不可复加。”

开篇词中人久伫高楼，残风细细，远景凄清。望断处，天地间一片黯黯春愁。春愁从何而起，不得而知，只能看出其人心境哀伤。登高望远，眼中尽是凄凉景物，这其实是人物内心情感的外露。接上文，一派草色烟光，朦朦寒意中，光影迷离，正映照出凭阑人心境迷离。对景无言，谁解其中真意？上片提出问题，本应是一派好景，为何词中人要显得如此悲伤。下片作出回答，自想疏狂借酒一醉；为何而醉，为了躲避内心的情愁。对酒当歌，本该是人生乐事，奈何情深缘浅，相思难收，歌酒之乐终究是难以抵过相思之情。结尾一句“衣带渐宽终不悔，为伊消得人憔悴”更是千古名句，既回答了凭阑之意，又尽显其人对真挚感情的无上追求。纵使离情伤人，心力交瘁，依旧不改深情，终生不悔。

雨霖铃·寒蝉凄切

宋·柳永（984？—1053？）

寒蝉凄切，对长亭晚，骤雨初歇。都门帐饮无绪，留恋处，兰舟催发。执手相看泪眼，竟无语凝噎。念去去、千里烟波，暮霭沉沉楚天阔。

多情自古伤离别，更那堪，冷落清秋节！今宵酒醒何处？杨柳岸，晓风残月。此去经年，应是良辰好景虚设。便纵有、千种风情，更与何人说？

| 辑 评 |

[明] 李攀龙《草堂诗余隽》：“‘千里烟波’，惜别之情已骋；‘千种风情’，相期之愿又赊。真所谓善传神者。”

[清] 贺裳《皱水轩词筌》：“柳屯田‘今宵酒醒何处？杨柳岸，晓风残月’，自是古今俊句。”

唐圭璋《唐宋词简释》：“此首写别情，尽情展衍，备足无余，浑厚绵密，兼而有之。”

赏读

这首《雨霖铃》哀婉缠绵，是诗人离开汴京即将去往浙江时与恋人的留别之作。

上片描绘别时情景，营造了一个凄凉沉重的离别氛围。入秋后的蝉鸣愈加凄惨，离别之地是傍晚时分的长亭，此时一阵急雨刚停，空气中还有丝丝凉意。设下酒宴却无心品尝，此处留恋，哪堪江上行船催促着出发，泪眼相对，明明有无数话想要倾诉，却哽咽得一个字都说不出，层层矛盾，可见词人内心的痛苦无奈。寒蝉、长亭、烟波、暮霭，又正是骤雨初停，对此情此景，无人不感到悲痛。想到这一走后，唯见烟波千里，暮霭沉沉，更是流露出无限惆怅。此处对于别后所见景物的虚写开启了下片的想象。

下片由实入虚，虽是虚写，却更见真挚，如在目前。“更那堪，冷落清秋节”，正是千古以来所有有情之人分别时的真实心理状态。触景生情是人之常情，分离已是如此摧人心肝，更何况眼前这凄清秋景。酒醒后，只有“杨柳岸，晓风残月”，晓风残月让人感到惆怅孤独，也正是因为惆怅孤独，所以入目之景皆是晓风残月。别后良辰、风情无人共享，一“便”字，一“更”字，以问句结尾，充满了无奈和孤独。柳永的慢词擅长白描和铺叙，这首词将情与景贯通一体，虚实结合，层层渲染，将离别之情和别后情绪点染得淋漓尽致。

采莲令·月华收

宋·柳永（984？—1053？）

月华收、云淡霜天曙。西征客、此时情苦。翠娥执手，送临岐、轧轧开朱户。千娇面、盈盈伫立，无言有泪，断肠争忍回顾。

一叶兰舟，便恁急桨凌波去。贪行色、岂知离绪。万般方寸，但饮恨、脉脉同谁语。更回首、重城不见，寒江天外，隐隐两三烟树。

赏读

本篇是词人深秋远行，与恋人离别之际写下的离情之作。

整篇细致描绘了词人临别之际与恋人的所思、所想、所见，兼有叙事、写景、抒情。上片写送别之景。观天象，月色渐淡，天旷云清。正是离别之时，将要远行的人内心一片情苦。“翠娥”，指美丽的女子。白居易《李夫人》诗有：“翠娥仿佛平生貌，不似昭阳寝疾时。”女子路送离别之人，这里着重描绘了女子的美貌：随着开门之声，现其姣美容貌，盈盈身姿伫立。两人默默相视，情上心头，自然是泪洒无言，心肠寸断，不忍回顾。

下片写行路，渡船人不懂离情别恨，急切贪行，摇桨凌波而去。而词人内心则是万般情结，纷乱交错，言语间能体会出其愤懑怨怀，但江舟路上，又有何人能与之倾诉自己的一片哀愁呢？只能哀怨自咽。结句词人回首，已经望不到重重高楼。目光所及，只剩下一片寒江。“寒江天外，隐隐两三烟树。”词句间凄清悲凉意境毕现，与佳人一别，过去的万般好景都仿若云烟散尽，寒江之上，只感天色清冷，霜风细细，与其人心境相映的，唯隐约两三烟树尔。

一丛花令

宋·张先（990—1078）

伤高怀远几时穷？无物似情浓。
离愁正引千丝乱，更东陌、飞絮濛濛。
嘶骑渐遥，征尘不断，何处认郎踪。

双鸳池沼水溶溶。南北小桡通。
梯横画阁黄昏后，又还是、斜月帘栊。
沉恨细思，不如桃杏，犹解嫁东风。

| 辑 评 |

［宋］范公偁《过庭录》："子野郎中《一丛花》词云：'沉恨细思，不如桃杏，犹解嫁东风。'一时盛传。永叔尤爱之，恨未识其人。子野家南地，以故至都谒永叔，阍者以通，永叔倒屣迎之，曰：此乃'桃杏嫁东风'郎中。"

赏读

张先，字子野，乌程（今浙江湖州）人。天圣八年（1030）进士。据说张先年轻时与一尼姑相好，奈何老尼从中阻拦，将女方置于孤岛之上，张先只好趁夜半时分，乘舟渡水与其相见。后二人分离，离别之际，张先写下了这首《一丛花令》以表留念。

开篇直引主题，词中人身怀离愁别怨，伤高怀远，不知何时休，只道无物可比情浓。下文飞絮濛濛时节，一派清景，正衬出心中思绪万千。遥望去，是征尘渐远，“何处认郎踪”表达了词中人的所思所怨。上片以前景的闪回构筑了一种凄苦悠远的情景，同时也有别于前词善以小景引哀情的表现方式和具体的内容风貌，给人一种别样的画面感受。下片词风一转，描绘深闺女子的细腻情丝，溪水潺潺，双鸳并泳，然无心孤赏好景。想当日陌上相逢，如今只剩女子在此静待归人，直至门掩黄昏，月上柳梢。“沉恨细思，不如桃杏，犹解嫁东风”，可谓词句绮丽，意蕴悠然，写尽了女子对爱情的思索和困惑，前尘如梦，看明日又将如何？一番细思，却难解心头爱恨。反观这桃花杏花，还能嫁予东风而去。此句把一个静默情深的女子形象描绘得入情入景，让人不由同情感伤。此篇《一丛花令》既有征尘遥望、伤高怀远的大气象，亦有画池双鸳、月挂珠帘这种婉约词风的表达，读来可感温婉与壮怀并蓄。

木兰花

宋·晏殊（991—1055）

燕鸿过后莺归去，细算浮生千万绪。
长于春梦几多时，散似秋云无觅处。
闻琴解佩神仙侣，挽断罗衣留不住。
劝君莫作独醒人，烂醉花间应有数。

赏读

晏殊，北宋著名文学家、政治家，字同叔，十四岁即入试，被称为神童。他的第七个儿子是北宋著名词人晏几道，二人被称为“大晏”“小晏”。本篇是一首具有丰富的人生哲理的词作，词人在感叹爱情逝去的同时，发出了对光阴飞逝、人事变换的感叹，深刻贴切，格调高远。

首句写景，引出下文思绪。燕鸿从头顶飞过，飞向北方，黄莺南归，正是春末风光。春光逝去，最容易引起人对于时光和爱情的感叹，面对飞鸿，词人心中浮起千头万绪。“浮生”二字流露出词人对于自己人生遭遇的态度，人如朝露，生如浮萍，既是千万绪，又怎能细算？矛盾纠结流于纸上。白居易在《花非花》中写道：“来如春梦不多时，去似朝云无觅处。”晏殊化用了此句，以春光比“春梦”，以离人比“秋云”，美好的时光和这短暂的春梦相比又长得了多少呢？人海聚散，一旦分别便如这漂泊的秋云无处可寻。这四句节奏舒缓，仿佛看到词人独自一人临案沉思，缓缓道来，思绪深长。

“闻琴”指卓文君，卓文君守寡期间，因听到琴声而倾心于司马相如，并与之私奔，成就了一段流传千

古的佳话。“解佩”的典故出自刘向的《列仙传》，郑交甫游于江边，遇二美女，两位女子解下自己的随身玉佩赠给郑交甫表达爱慕之情，然而忽然间美女和玉佩都消失不见了。这都是传说中的神仙眷侣，然而即便是挽断她们的衣袖，也留不住她们消失的倩影。感情忽转，节奏加快，连用两个典故言明了自己对爱情的深刻领悟，罗衣挽断，情人肠断。想到此处，心绪豁然开朗，既然无法留住，不如做一个梦中人，及时行乐烂醉花间。说是劝人，实为劝己，然而劝人难劝己，若能烂醉，哪来“有数”，可见词人用情至深，内心悲痛。想来世间无情人皆醉，词人偏偏是无法烂醉花间的独醒人罢。

木兰花·春恨

宋·晏殊（991—1055）

绿杨芳草长亭路，年少抛人容易去。楼头残梦五更钟，花底离愁三月雨。

无情不似多情苦，一寸还成千万缕。天涯地角有穷时，只有相思无尽处。

|辑 评|

[清] 黄苏《蓼园词选》："言近指远者，善言也。'年少抛人'，凡罗雀之门，枯鱼之泣，皆可作如是观。'楼头'二语，意致凄然，挈起多情苦来。末二句总见多情之苦耳。妙在意思忠厚，无怨怼口角。"

[清] 陈廷焯《白雨斋词话》："婉转缠绵，深情一往，丽而有则，耐人寻味。"

赏读

晏殊以词著于文坛，尤擅小令，风格委婉瑰丽，且吸取花间派词风，开创北宋婉约词气。被称为“北宋倚声家之初祖”。关于这首《木兰花》。据说小晏曾辩解：“先君平日小词虽多，未尝作妇人语也。”蒲传正反举“年少抛人容易去”，晏几道回答，词中“年少”指年轻之意，非妇人语。这其实是一种辩称。

此篇写留人对远行之人的无尽相思。上片写离人情景，下片写内心情思，情景相交，语言清丽，写景含蓄婉约，独具风格，抒情婉转而又强烈。长亭路上，离别之时。古时十里一长亭，作为送别暂歇之处。词人没有着墨描绘离别时离人状况，只是一句“绿杨芳草”匆匆带过，引出下文感慨。“年少”指的是心上人，“年少抛人容易去”，说出送人离别的哀怨和愤懑，带有自伤意味。对比无情有情，更显一片痴心。“楼头残梦”，此时情苦，带入漫漫深夜，五更钟响，不闻故人归；春雨缠绵，杂乱思绪，尽是离愁。两句情景的过渡，塑造了凄清寂寥的氛围，彰显其人苦苦等待，一往情深。下片使用对比相衬，直写离情。以“无情”比“多情”，可堪情苦。天涯地角有尽头，然相思无尽，极尽夸张，也尽显沉挚哀怨。全篇白描直抒，言语明晓，没有刻意的辞藻雕饰，也没有借用典故。然将离愁相思表达得淋漓尽致，可谓别有情致。

生查子·元夕

宋·欧阳修（1007—1072）

去年元夜时，花市灯如昼。月上柳梢头，人约黄昏后。

今年元夜时，月与灯依旧。不见去年人，泪湿春衫袖。

|辑 评|

［明］卓人月《古今词统》："元曲之称绝者，不过得此法。"

［清］王士禛《池北偶谈》："今世所传女郎朱淑真'去年元夜时，灯市花如昼'（《生查子》词），见《欧阳文忠公集》一百三十一卷，不知何以讹为朱氏之作。世遂因此词，疑淑真失妇德，纪载不可不慎也。"

赏读

欧阳修，宋代文学家、政治家，字永叔，号六一居士。欧阳修在文学上成就颇高，被列入“千古文章四大家”“唐宋八大家”。

上片写去年元夜，元夜即元宵节，也是古代少男少女约会佳期。去年的元宵节，热闹非凡，灯火灿烂如同白昼。“月上柳梢头，人约黄昏后”两句描写的是二人相约见面的美好场景，营造了一个朦胧的意境，流露出甜蜜与温馨。下片描写如今境况，还是和去年一样的月亮，花灯也依旧灿烂，只是那月下的人已不知何处。两相对比，凄苦难言，正是一样的良辰美景，更能引起人心中的相思和悲苦，“不见去年人”中饱含着物是人非的无奈。下片同时以乐景衬哀情，去年元夜相约之景是月上柳梢的黄昏，也是远离热闹喧嚣，情人在眼前只觉甜蜜，而今年这热闹喧嚣只是更加突出内心的孤独罢了。

这首词的上下两片描绘了两个完全不同的元宵之夜的场景，句式工整一致，回环往复，让人产生一种时光错流之感。同是“元夜时”，同是“月与灯”，已是物是人非，仍见去年花前月下，今年却留我一人泪湿春衫。语言浅白，却构思巧妙，与崔护《题都城南庄》：“去年今日此门中，人面桃花相映红。人面不知何处去，桃花依旧笑春风。”有异曲同工之妙。

蝶恋花

宋·欧阳修（1007—1072）

庭院深深深几许？杨柳堆烟，帘幕无重数。玉勒雕鞍游冶处，楼高不见章台路。

雨横风狂三月暮，门掩黄昏，无计留春住。泪眼问花花不语，乱红飞过秋千去。

|辑评|

[明] 李廷机《新刻注释草堂诗余评林》："首句叠用三个'深'字最新奇，后段形容春暮光景殆尽。"

[清] 黄苏《蓼园词选》："首阕因杨柳烟多，若帘幕之重重者，庭院之深以此，即下句章台不见，亦以此。总以见柳絮之迷人，加之雨横风狂，即拟闭门，而春已去矣。不见乱红之尽飞乎？语意如此，通首诋斥，看来必有所指。第词旨浓丽，即不明所指，自是一首好词。"

赏读

这篇《蝶恋花》描绘了深闺女子独处高楼，凄苦无依的悲凉命运。开篇描写闺中人所居场景。庭院之深，正似俗世之绊，将闺中人束缚于阁楼之中。杨柳生烟，春来到，女子也正值青春年华，然而杨柳飞花飞不出这密密深闺，更似“堆烟”，朦胧沉寂，含泪默然。帘幕重重，望不到世外天地，这里着重描绘了闺中女子的生活环境：孤寂、封闭、平淡。下文写女子对外面大千世界的幻想和憧憬。君子游行而过，一派繁盛华贵，幕幕生机。女子幻想能与心上人共游这世间好景，奈何重重楼高，连愿景都难以一视。

下片通过书写季节更迭、雨打残花的自然景观，寓意女子光阴易逝，容颜易老，终究归于自伤自哀的薄凉命运。三月暮雨，不是清细缠绵，而是狂风乱骤，预示其人将要面对的孤寒境遇。日已黄昏，掩门自伤，惜春然无计留春。一片枯然景貌，感其孤苦，叹其悲凉。结尾一句“泪眼问花花不语，乱红飞过秋千去”，至情悠深，贵有境界。以泪眼问花，实则自问，自问然没有答案，只有一院残花寂寂不语，其人内心也是满怀哀伤。春风过，枝头鸟雀已无踪迹，满目乱红飞过，带走的是闺中人的情思、梦幻和华年，留下的却是与残花同命运的黯然神伤。

玉楼春

宋·欧阳修（1007—1072）

尊前拟把归期说，未语春容先惨咽。人生自是有情痴，此恨不关风与月。

离歌且莫翻新阕，一曲能教肠寸结。直须看尽洛城花，始共春风容易别。

辑评

［清］王国维《人间词话》：“于豪放之中有沉着之致，所以尤高。”

赏读

景祐元年（1034）春，欧阳修在洛阳担任推官，任满即将离开洛阳，这首词即是作于此时。

上片言樽前离别，无言归期，愁容欲语，无奈凄切呜咽。樽前对酒，本应是欢欣时光，女子的春容美貌，更应使人爱慕，然而在离别的环境中，反而加深了其人的愁苦。宴饮之时，“拟把归期说”，刚想要谈论一些开心之事,却是欲语先泪流。上句一个“拟把”，下句一个“未语”，把词中人内心的情思和哀怨展现得淋漓尽致，这种美好事物与人世无常的对比更加深了词中人的情感深度。而后感言,人生深情,自然而生,情痴之苦，自甘承受，凡此种种，无关风月。然看似无关实则相连，宴台之外，那一片明月清风不再是简单的自然天象，而是承载了有情人的深深眷恋。

下片回到宴会，临别之时，一曲离歌，莫言新词，古人多言莫奏前曲，而又有言新阕断肠。词人正是不忍其伤，才提出“且莫翻新阕”，词句深沉哀叹，显出心绪沉痛哀伤。收拍一反前言低沉压抑的语调，以一种抒怀的遣兴言发情绪，愿与君看尽洛城繁花，更容易送别春风。实际上这仍然是一种安慰式的表述，花易凋零而年年有，春风易逝而春常在，可人与人之间的离别与相逢又能有几回呢？因此暗里仍是词人对相离的痛心哀叹。

踏莎行

宋·欧阳修（1007—1072）

候馆梅残，溪桥柳细，草薰风暖摇征辔。离愁渐远渐无穷，迢迢不断如春水。

寸寸柔肠，盈盈粉泪，楼高莫近危阑倚。平芜尽处是春山，行人更在春山外。

| 辑 评 |

[明]王世贞《艺苑卮言》："'平芜尽处是春山，行人更在春山外。'此淡语之有情者也。"

[明]李攀龙《草堂诗余隽》："春水写愁，春山骋望，极切极婉。"

赏读

这是一首写离情的代表性作品，词人通过对远行之人以及女子两个角度的情感描写，配合自然景物的抒发，传递出一种清淡婉约、柔情婉转的境界和意味。

上片描写远行人在路途上的所见所思。客路上的舍馆旁梅花残落，春景依稀，意趣盎然，落红归于尘土，自然的气息和意象充斥着整个画面。桥边溪水潺潺，桥上柳叶依依，和风温暖，陌上花开，呈现出一幅初春的生机景象。远行在外的人行走在这美好的景色中，微风细细，摇动征辔，人也顾盼徐行。词人通过对早春景象的精到描绘，塑造出了一种和缓迷离的喜人意境，然而正是在这样的景象之中，反而更能激起远行之人的离情别绪。下两句由春景引出离情，离愁渐远，实则不是离愁散去，而是散布在这徐徐春景之中，乱花飞絮迷人，更带起了其人的无穷惆怅。离愁伴随着迢迢流水，也伴随着这一路上的潇潇风雨。路途遥远，别时已久。词中的春景不仅营造了春愁的氛围，更体现了行人远游在外，所负离情的悠长和深切。

下片转而抒写闺中女子的情思。对远行之人的怀念日积月累，越发深厚，这种情愁经过时间的沉淀不仅没有变得平静，反而更加伤人。柔肠寸寸，一如柔

肠寸断，感同身受，缠绵深切。泪眼盈盈，展现女子的悲伤的同时又平添了几分娇态，更显离情真挚。高楼上，女子凭阑而立，不忍相望。为何如此？只因视线之内，尽是平芜春山。一派大好春景，但若没有相爱的人在身边一同观赏，又有什么意义呢？不过是徒增一份烦恼罢了。绿野的尽头是青山重重，而自己思念的人还在山的那边。这样的景象递进也是情感的递进，一步步深化了女子的情思和哀怨，将情景和意境展现得情致深刻，悠远绵长。

凤箫吟

宋·韩缜（1019—1097）

锁离愁，连绵无际，来时陌上初熏。绣帏人念远，暗垂珠泪，泣送征轮。长亭长在眼，更重重、远水孤云。但望极楼高，尽日目断王孙。

消魂。池塘别后，曾行处、绿妒轻裙。恁时携素手，乱花飞絮里，缓步香茵。朱颜空自改，向年年、芳意长新。遍绿野，嬉游醉眼，莫负青春。

| 辑 评 |

［清］沈雄《古今词语》："韩缜有爱姬，能词。韩奉使时，姬作《蝶恋花》送之云：'香作风光浓着露，正恁双栖，又遣分飞去。密诉东君应不许，泪波一洒奴衷素。'神宗知之，遣使送行。……莫测中旨何自而出，后乃知姬人别曲传入内廷也。韩亦有词云云。此《凤箫吟》，咏芳草以留别。"

赏 读

韩缜，字玉汝，原籍灵寿（今属河北）人。传元丰初年，夏人来商议地界，朝廷派韩缜出使，他与爱妾刘氏分别时作此词留念。

整词以咏芳草表离情，开篇写别时已久，如何将离愁锁，只是愁情联结，连绵无际。又到陌上花开时，不似当日芳草香。女子怀想来时花开，回忆共游好景，顿生离情别绪万千。紧接着，下文念起离别之景，尽显孤身凄凉之境。帷帐中，伊人思念远方之人，洒尽送别之泪，日日长亭遥望，唯远山孤水，不见归人。纵然登高望远，一一看过，处处是思慕之情，也奈何只得明月楼高独倚。流年星转，少女心有所思而不得相见的哀愁渐渐深沉，可谓目断处，心亦断矣。

下片转换视角，行人在外，看遍来年芳草，绿意常新，感慨别时好景，暗自销魂。回想曾行处，绿径芬芳，也难掩她倩丽容貌。相携青裙过，乱花起，飞絮狂。此处所咏芳草飞花之景即指记忆里的幕幕深情，鲜活明朗、历历在目而又如若梦幻、恍然隔世。“朱颜”一句有时空变幻之感，书过几载，客路青山，“芳意长新”。奈何物是人非，离别之人不能共赏，曾一起走过的纷纷绿野，看过的星云变幻，都化在世人无限的回想和留恋中。“嬉游醉眼，莫负青春”，是遗憾，也是淡然；是哀怨，也是温暖。

西江月

宋·司马光（1019—1086）

宝髻松松挽就，铅华淡淡妆成。
青烟翠雾罩轻盈，飞絮游丝无定。
相见争如不见，有情何似无情。
笙歌散后酒初醒，深院月斜人静。

赏读

司马光是北宋时期著名的政治家、史学家、文学家，以一部《资治通鉴》闻名后世，另有多部文学方面的著作传世。但其在诗词创作方面影响不大，虽说也留下了三两佳作，但多为艳情之词，此篇《西江月》就是其中之一。

上片抒写一位舞女的美貌，这位舞女可能是词人在友人的宴会上相遇的。宝髻轻挽，淡妆遮面。这是对舞女出场容貌的描述，可以看出，词人并没有利用华丽的辞藻加以虚饰，也没有从另类的角度搬弄偏门，只是用素雅的轻描淡写，幻化出舞女的美貌妆容，给读者以无限的想象。下句“青烟翠雾罩轻盈，飞絮游丝无定”。这是对舞女姿态的描绘，主要表明意境。在闲适悠闲的宴会上，周遭是青烟翠幔，耳畔是悠悠竹丝，舞女轻快优雅的舞姿令人陶醉。整个环境浑然一体，令词人深陷其中。“飞絮游丝”可以看作是对舞女姿态的比喻，也可以理解为对其人的比喻，更可以认为是对整个环境的传神描写，迷蒙之中，如梦似幻。

下片直言词人的情思。“相见争如不见，有情何似无情”是著名的写情句。相见不如不见，为何不如？只因情愁扰人。无情胜过有情，即使自己怀有对他人的爱慕，在现实中也不过是昙花一现的闪念，若是长久抱怀，只会为情所困。所以词人最后得出了这样的结论，深感其无奈愁忧。宴会结束，人各归去，残留的飞絮情思依旧不愿散去，词人酒醒之后，又投入对爱情的惆怅思绪之中去了。“深院月斜人静，”以一个寂寥冷清的情景作为结尾，是词人的余情悠长，也使我们读来余意深邃。

整词虽是描写宴会艳情，但却不事藻饰，境界含蓄，又能直言真情。抒写收尾自成一章，留下一片月静人空，给人无限遐想。

蝶恋花

宋·苏轼（1037—1101）

记得画屏初会遇。好梦惊回，望断高唐路。燕子双飞来又去。纱窗几度春光暮。

那日绣帘相见处。低眼佯行，笑整香云缕。敛尽春山羞不语。人前深意难轻诉。

赏读

这首词写于宋仁宗嘉祐五年（1060），正是苏轼为亡故的妻子王弗服丧期满的时候。此时的苏轼正从四川入京师，途径高唐神女峰，触景生情，写下了这首怀念妻子的词作。

上片描写了词人与情人初见又分别的情景。首句点名了初遇的地点，琳琅画屏，二人初见，伊人眉目如画，与这画屏交相辉映。然而相知如梦，好景难长，高唐路断，再难相见。“惊”“断”二字形象地表现了分别的突然和痛苦，以及词人深深的无奈。“高唐”是指楚庄王在梦中与巫山神女相遇的地方，高唐路断暗示自己和情人的分别。前三句看似平淡叙述，实则用心细腻，惊醒的好梦暗示画屏初会是梦中场景，日有所思夜有所梦，可见思念深刻。下文为眼前所见，醒来又看到檐下飞燕，双双飞过，然窗前仅词人一人，看着这燕子飞来飞去，又是几度春秋。“春光暮”点明此时正是暮春，春思的愁绪，更添悲凉，虽是景物描写，言外却刻画出一个春秋几载苦苦等待的人物形象。

下片是词人醒时所思，回忆当日情景。上片画屏初遇，此时又是绣帘相见，平添一层朦胧浪漫。伊人低下眉眼，假装要离开，却又笑着整理鬓发，此句将女子的羞赧之态尽数表现了出来，活灵活现，天真动人，让人感到可爱。不自觉地整理鬓发，正是在心上人面前的反应，可见词人心思细腻。她敛起神色，表情羞涩，一言不发，并不是无情，而是深情难在人前表露，这些细腻的心理描写甜蜜又直接。然而，回忆越是欢愉，陷入回忆的人越是伤心。

这首词在叙事上的最大特点是回环往复，上片先写初见，再写离别，是为顺叙。而整体看来，上片梦中初会，醒来回忆当初，又是倒叙，感情也随着叙事方式的改变而曲折跌宕，回味无穷。

水龙吟·次韵章质夫杨花词

宋·苏轼（1037—1101）

似花还似非花，也无人惜从教坠。抛家傍路，思量却是，无情有思。萦损柔肠，困酣娇眼，欲开还闭。梦随风万里，寻郎去处，又还被、莺呼起。

不恨此花飞尽，恨西园、落红难缀。晓来雨过，遗踪何在，一池萍碎。春色三分，二分尘土，一分流水。细看来，不是杨花，点点是离人泪。

| 辑 评 |

［宋］魏庆之《诗人玉屑》："章质夫咏杨花词，东坡和之，晁叔用以为：'东坡如王嫱、西施，净洗脚面，与天下妇人斗好，质夫岂可比哉！'"

［清］王国维《人间词话》："东坡杨花词，和韵而似原唱；章质夫词原唱而似和韵。"

赏读

章质夫，名楶，字质夫，今福建浦城人，为苏轼好友，作有《水龙吟·燕忙莺懒芳残》传诵一时。苏轼的这一首是次韵之作，在给章质夫的信中，苏轼讲到："《柳花》词妙绝，使来者何以措辞。本不敢继作，又思公正柳花飞时出巡按，坐想四子，闭门愁断，故写其意，次韵一首寄云，亦告以不示人也。"

全篇通咏杨花，实则表思妇离情，似花非花，如雾似梦。柳絮纷飞，而无人在意，就如独守深闺的女子，身世飘零，相思无望。杨花的纷落伴着女子的哀婉柔肠，正是细细思量，无情中现有情。佳人酣睡，奈何万千情思扰，柔肠渐损，朦胧娇眼，目光迷离，好一副思愁模样。思绪恍然间，便随杨花柳絮一并风起，心想梦中可否与他一见？怎奈莺啼忽起，消人清梦。

"不恨此花飞尽，恨西园、落红难缀。"花期渐老，落叶归根，本是自热景物，恨在何处？女子真正恨的乃是情人相离，相思难收。词人以杨花落尽代指离人命运，情境凄婉，情深于物。雨落天明，再寻杨花遗踪何在，一池零落浮萍。词人将春色三分为"二分尘土，一分流水"，当表人世间无尽情深都随春景归于尘土，流水无情，旧时难觅之意。末尾点题旨，杨花点点，正似离人泪，一如开篇所讲，似花非花，花载愁思。全篇赋情于物，情深于景，意境相融而不显雕琢，相自心生，妙语自然。

江城子·乙卯正月二十日夜记梦

宋·苏轼（1037—1101）

十年生死两茫茫，不思量，自难忘。千里孤坟，无处话凄凉。纵使相逢应不识，尘满面，鬓如霜。

夜来幽梦忽还乡，小轩窗，正梳妆。相顾无言，惟有泪千行。料得年年肠断处，明月夜，短松冈。

赏读

本篇为苏轼悼念妻子王弗所作。王弗，眉州青神人，年方十六时与苏轼成婚，当时苏轼十九。两人感情深厚，恩爱有加，有一子苏迈。治平二年（1065），二十七岁的王弗病逝汴京，后被朝廷追封为“通义郡君”。熙宁八年（1075）正月，苏轼赴任密州，梦遇亡妻，心生悲戚，写此悼亡词以示追念。

阴阳一别，恍然间已是十年，生死茫茫，更感丧妻之痛弥深，此情不用多加思索，只因为深切难忘。曾经的历历景象犹然在耳，奈何半生坎坷，光阴流水，空余残灯半影。词人一生行路，历经十年孤寂，仍无时无刻不怀揣着对妻子的怅然追思，这一点通过词中两三话语表达得淋漓尽致：情有多长？十年生死，世事茫茫；情有多深？不加细思，自相难忘；情有多远？孤坟千里，魂灵空荡。如今又是暂歇一隅，恍然间偶遇佳人，却已是相逢而不相识，擦肩而过，无力挽留，再伸手处已是一片茫然消散。此番情景，读来不禁泪下，只叹年华空纵，斜阳照晚，人已是衣冠似雪，满目风尘，这是作者孤苦寂寥的人生轨迹，也是他情深义重的惆然哀思。

梦游旧景，又是一年明月花烛。记忆中的故乡，

有情，有景，更有自己时时牵挂的檐下伊人。“小轩窗，正梳妆”，深爱的妻子依旧在那熟悉亦或陌生的居所，烛光摇曳，罗帏轻展，佳人依旧。想来窗外必定是一片皎洁碧影，室内是一阵寂静安然，如果时光留驻，两人的命运又将如何？只可惜天命难测，回眸间已是阴阳两隔。“相顾无言”，是情深，是看破，也是梦断。泪眼朦胧处，梦境与现实交错变幻，再细看，只剩残蜡孤寒，半月依依。寥寥几句，颇有《一曲回梦游仙》的意味，深情婉转，亦真亦幻，令人无暇赞叹其辞工精妙，只沉浸在无限的怅然自哀之中，感叹千古唯情，名作流芳。

鹧鸪天

宋·晏几道（1038—1110）

彩袖殷勤捧玉钟，当年拚却醉颜红。
舞低杨柳楼心月，歌尽桃花扇底风。
从别后，忆相逢，几回魂梦与君同。
今宵剩把银釭照，犹恐相逢是梦中。

| 辑 评 |

[明] 刘体仁《七颂堂词绎》：“‘夜阑更秉烛，相对如梦寐’，叔原（即晏几道）云：‘今宵剩把银釭照，犹恐相逢是梦中。’此诗与词之分疆也。”

陈匪石《宋词举》：“‘从别后，忆相逢’六字，颇见回环之妙笔。‘几回魂梦与君同’，承上启下，措语已妙绝无伦。”

赏读

晏几道，字叔原，号小山，北宋著名词人，是晏殊的第七个儿子。这首词写于王安石推行新政之后，此时晏几道的父亲晏殊已经过世，失去了政治依靠的晏几道在仕途上屡遭不顺，失意的生活让他写下了很多回忆往事的作品，这首词就是其中之一。从与歌女初见，到相爱，再至久别后的重逢，这首词堪称爱情诗歌的典范。

上片回忆往事，“拚”意为舍弃、不顾惜，当年你既殷勤劝酒，我便舍命陪君，一个“拚”字流露出许多痴情。“低”“尽”二字，巧妙地衬托了歌舞作乐时间之久，月亮已经沉沉落下，女子手中的桃花扇也扇不动了，如梦似幻，极尽缠绵。下片描写别后情绪，自从离别后，我总是回忆起与你初次相逢的情景，这里对应了上片的回忆，上片所写场景，或是回忆，或是梦境，虚实相对。相逢时神魂颠倒，分离时魂不守舍，“魂”一字更添了几分离别愁苦。如今相见，我举着灯看你，生怕这相逢又是在梦中了。前句里梦中相逢，似真似幻，如今相逢却疑是梦中，构思曲折。“剩把”和“犹恐”把久别重逢的复杂感情表现了出来，重逢的惊喜和久别的恍惚，缠绵曲折，让读者也仿佛置身梦中。上片舞榭歌台，浓墨重彩，下片白描抒情，曲折深婉，也表现了晏几道心境上的变化。

临江仙

宋·晏几道（1038—1110）

梦后楼台高锁，酒醒帘幕低垂。去年春恨却来时。落花人独立，微雨燕双飞。

记得小蘋初见，两重心字罗衣。琵琶弦上说相思。当时明月在，曾照彩云归。

| 辑 评 |

[宋] 杨万里《诚斋诗话》：“晏叔原云：‘落花人独立，微雨燕双飞。’可谓好色而不淫矣。”

[清] 陈廷焯《白雨斋词话》：“小山词如‘去年春恨却来时。落花人独立，微雨燕双飞’。又‘当时明月在，曾照彩云归’。既闲婉，又沉着，当时更无敌手。”

赏读

这是一首怀念旧人的名作，抒发了对歌女小蘋的怀思。《小山词》跋有写："始时，沈十二廉叔、陈十君龙，家有莲、鸿、蘋、云，品清讴娱客。每得一解，即以草授诸儿。吾三人持酒听之，为一笑乐而已。"就是描绘词人过去在好友家中与几位歌女相遇的故事。

此篇以寂寥春景展开，沉梦过后，精神低落，楼台清冷，不见故人。梦后酒醒，帘幕阑珊，而词中人为何饮酒？眼中所看又为何是一片伤春之景？下句作出回答：年年思人，情愁积累，又是一年春恨时，其人睹物思人，不由心怀惆怅。"落花人独立，微雨燕双飞"是千古名句，境界浑然，情意妙绝。落花微雨，春意依稀，意境凄美寂寥。"人独立"对映"燕双飞"，更显其人内心孤寂。

下片描述与小蘋初见的场景，可谓记忆犹新，情致深切。歌女身着心字罗衣，形貌美妙，小蘋微笑尽妖娆。只记得当时明月依稀，少女深情弹奏，弦间透露出默默情思，令词人心旷神往，美好的回忆最后伴随彩云归去。末句由怀人之事通怀思之情，以梦幻之景表情深之意。配合整首词意婉词工，境界轻妙，实属佳作。其情境正如词人自述："追惟往昔过从饮酒之人，或垅木已长，或病不偶。考其篇中所记，悲欢合离之事，如幻如电如昨梦前尘，但能掩卷抚然，感光阴之易迁，叹境缘之无实也。"

清平乐

宋·晏几道（1038—1110）

留人不住，醉解兰舟去。一棹碧涛春水路，过尽晓莺啼处。

渡头杨柳青青，枝枝叶叶离情。此后锦书休寄，画楼云雨无凭。

| 辑 评 |

[清]周济《宋四家词选目录序》:“结语殊怨，然不忍割。”

[清]陈廷焯《词则·别调集》:“怨语，然自是凄绝。”

赏读

此篇《清平乐》为代一妓女述情，表离别之意。尽显其女的悲哀命运和无尽深情。

兰舟江畔，春风拂晓，柳莺鸣啼，一派凤絮青烟。然而本是自然好景，深情人却是无心关照。正是留者有意，去者无情，女子行道缓缓，随心上人行至江畔，纵是留人不住，转瞬间，他已背首凌波而去。即便如此，女子依旧心系情人，想着行路上的种种，必定是青舟绿水，莺角相交。

留人青衫独摆，掩杨柳依依，词中女子的复杂心境在此番景色的映照下更显真切。春风送景，再回首，江舟不见，烟水濛濛。如此，一枝一叶都寄予了女子深深的情思。临别时决绝的话语，含恨而又显真情，“此后锦书休寄”，实则是万般酸楚，是不忍离别，更是不愿接受此后的年年相思，还显出负怨悲壮之意。情人之间相离的命运自然是令人唏嘘感叹，然而正如词末的负气之语，爱情和人生轨迹总是缘深缘浅，变幻不定。画楼云雨，一如关山月下的征人孤景，秦淮河岸的泪洒红筝，无凭无迹，只留深情人抱怀感遇，送别江畔的一叶轻舟，也化作淡淡烟雨消失在记忆中了。

临江仙·斗草阶前初见

宋·晏几道（1038—1110）

斗草阶前初见，穿针楼上曾逢。罗裙香露玉钗风。靓妆眉沁绿，羞脸粉生红。

流水便随春远，行云终与谁同？酒醒长恨锦屏空。相寻梦里路，飞雨落花中。

赏读

斗草，是中国民间流传的一种游戏，是古代春夏之间的民间习俗。词人初见到女子，女子正在阶前玩斗草的游戏。古时七月初七，有女子对月穿针向织女星乞巧的风俗。七月初七这天，词人又遇到了女子，当时她身着罗裙，裙上还带着露水，风吹动她的发钗轻轻飘动。新着靓妆的她眉间透着黛色，看到词人后粉嫩的脸上泛起绯红。女子再次见到词人，害羞地脸红了，天真可爱之态跃然纸上。这两句对女子衣着容貌和神态的描写，细腻生动，一“绿”一“红”，强烈的色彩感让回忆中的情景如在目前。用“斗草阶”和“穿针楼”暗示相遇时节，心思巧妙，短短几个字，已是把两次相遇场景铺展在读者面前，即便没有之后的“羞脸粉生红”，这两句中已经有了一个斗草穿针、活泼可爱的女子形象。

流水随着无可挽留的春天一去不返，天上的云停停走走，能和谁相伴？上片中那样一个可爱生动的女子，就像这流水和行云一般，不知去往了何处。每当酒醒，总是因为屏风后空荡荡、孤寂一人而感到憾恨。这问句其实是在问女子归往何处，词人的视角突然从女子的神态容貌转向了行云流水，诗境变得沉静开阔，让人感到惘然、若有所失。因为不知在何处，只好向梦里寻找，梦里的落花微雨中，或许有她的身影。晏几道常常把梦写入词中，营造一个似真似幻的梦境，更自由、更具有浪漫情调。这首词上下片的意境变化对应着词人的心理变化，在感情的表达上曲折含蓄，以梦中相寻作结，“飞雨落花”让词中之情更加悠远，有了更大的延展空间。

鹧鸪天·寄李之问

宋·聂胜琼（？）

玉惨花愁出凤城，莲花楼下柳青青。尊前一唱阳关曲，别个人人第五程。

寻好梦，梦难成。况谁知我此时情，枕前泪共帘前雨，隔个窗儿滴到明。

| 辑 评 |

[明]梅鼎祚《青泥莲花记》："李之问仪曹解长安幕，诣京师改秩。都下聂胜琼，名倡也，质性慧黠，公见而喜之。李将行，胜琼送别，饯饮于莲花楼，唱一词，末句曰：'无计留春住，奈何无计随君去。'李复留经月，为细君督归甚切，遂饮别。不旬日，聂作一词以寄李云云，盖寓调《鹧鸪天》也。之问在中路得之，藏于箧间，抵家为其妻所得。因问之，具以实告。妻喜其语句清健，遂出妆奁资夫取归。琼至，即弃冠栉，损其妆饰，委曲以事主母，终身和悦，无少间焉。"

赏读

聂胜琼为北宋时期一位名妓，与李之问相识，二人分别期间以此词寄李，抒发相思之情。

上片写离别情景，描绘聂胜琼与李之问相识相离，满怀情思，不忍离别，然又无奈哀愁的境况。春色依稀之时，女子满面花容，本是娇美样貌，奈何将要与心上人相别，也是一番“玉惨花愁”，凤城指的是北宋都城汴京。这里是说两人相送至莲花楼饯别，楼下柳色青青，春景依依，更衬出离别情苦。酒桌前，一曲《阳关》：“渭城朝雨浥轻尘，客舍青青柳色新。劝君更尽一杯酒，西出阳关无故人。”正映当时情境。送别那个人啊，过了一程又一程。这里的五程为虚指，明言路途极长。

下片转向虚写，与情人离别之后，梦中时时能回忆起两人在一起时的美好时光，寻觅好梦，怎奈梦是虚幻，不是现实，梦醒之后，无限愁思再度涌上心间，尽显相思久积弥厚。词人把自己的情思融入自然景观之中，枕前之泪和窗外之雨相伴相映，孤寂的内心潜藏着无限深情，而又无人倾诉，只能在这无言的夜晚听雨声点点，直到黎明。“枕前泪”与“帘前雨”的对比也独显其别样情境，“隔个窗儿”的表达更是构思巧妙，景情双至，致趣毕现。

青门饮·寄宠人

宋·时彦（？—1107）

胡马嘶风，汉旗翻雪，彤云又吐，一竿残照。古木连空，乱山无数，行尽暮沙衰草。星斗横幽馆，夜无眠、灯花空老。雾浓香鸭，冰凝泪烛，霜天难晓。

长记晓妆才了，一杯未尽，离怀多少。醉里秋波，梦中朝雨，都是醒时烦恼。料有牵情处，忍思量、耳边曾道。甚时跃马归来，认得迎门轻笑。

赏读

时彦，字邦彦，古开封人。宋神宗元丰二年（1079）进士。存词仅一首。此篇《青门饮》为词人远行边关为怀念故里所爱之人写下的一首行役词，另有题“寄宠人”，即寄给心爱之人。整首词词风轻快，既有边关壮景，又有醉梦清宵。前者气象开阔，意蕴雄厚；

后者深情凄婉，构思轻巧，可谓风格别致。

上片写一路塞外风光。胡马鸣嘶，风沙卷旗，将人带入塞北地界。云雾翻涌，斜阳残照，一片开旷。“胡马”“汉旗”“彤云”“残照”，自下而上仰望，苍茫壮阔，一派疆界秋景。下接行路风光，进一步详细描绘所闻所见。树木连绵而枯古，山势蜿蜒而无序，一路上，尽是“暮沙衰草”，极尽荒凉气象。再进晚宿边馆，只见依稀星斗横空。上片对边塞景象的描绘意在引出词中人对家乡、对佳人的无限思念。行路在外的夜晚，看遍一路上霜风凄草，让人更加难以入睡。蜡已灭，寒天难度，既是写环境凄冷，也是写长夜难熬。

话锋一转，忆回离别之时，心上人梳妆才了，而自己将要远行边疆，望饮酒寻欢，杯酒间、梦醉里，尽是伊人模样。这里的“秋波”“朝雨”可以理解为词人在醉梦中回想起的种种曾经，也是其无限离愁的载体，清醒之时，更是愁情累积，烦恼难消。词人追忆相思之人耳边轻语，更是牵动情思，不忍思量。末句设想何时纵马归乡，自己心爱的女子亦是静待归人，表现出词人的真挚思念和美好愿景。

整首词以景言情，构思轻巧，语言精工细致而又自然空放，尤以结尾处妙语牵情，跃马归乡的意象塑造为佳。

卜算子·答施

宋·乐婉（？）

相思似海深，旧事如天远。泪滴千千万万行，更使人、愁肠断。

要见无因见，了拚终难拚。若是前生未有缘，待重结、来生愿。

|辑 评|

［宋］杨湜《古今词话》："杭妓乐婉与施酒监善，施尝赠以词云：'相逢情便深，恨不相逢早。识尽千千万万人，终不似、伊家好。别你登长道，转更添烦恼。楼外朱楼独倚栏，满目围芳草。'"

赏 读

乐婉，生卒年不详，是宋代杭州地区的一名艺妓，深得施酒监喜爱。施曾作词以赠别，乐以此词和之。

整首词直抒胸臆，直言情深。满篇无倩典藻饰，字字言情，使人读来颇得其意，深感其情深不忘。上片表达词人离别相思的情状，相思似海，旧事已如过眼云烟，飞散不见。海的深沉，即是词人情致之深刻，而天的遥远，则是词人对相思之旧事的一种表现。念怀深远，沉沉似海；往事云烟，淡却天边。这两者相呼应，以纵深之感传达出其人的念念深情。如此心绪下，泪眼愁肠也是自然结果。“千千万万行”的叠词运用，一来加重了对人物情感的表达力度，另外一方面，重复的字词也加强了词句的韵律感。

下片更进一步表达其人情至深，念至长。“要见无因见，了拚终难拚。”想要相见但却不能见，即便是想尽方法，付出万般努力，最终也不过是化作泡影，这种无望和怨念渗透在词人的表述中，让人深有同感。世间之事，尤其是“情”这一字，总是充满了凄苦和无奈。词人在这样的心境之下，转而将希望寄予来生的缘分。收尾直言，若是前世无缘，那只盼来生再见了，进一步深化了哀怨无望的情绪，当然，也更显其人“所至之处总关情”。而重字的运用和前生来世的对比，使得作品不论是语调上还是意境上都散发着余韵悠长之音。

卜算子

宋·李之仪（1048—1117）

我住长江头，君住长江尾。日日思君不见君，共饮长江水。

此水几时休，此恨何时已。只愿君心似我心，定不负相思意。

| 辑 评 |

［明］毛晋《姑溪词跋》："姑溪词多次韵，小令更长于淡语、景语、情语。至若'我住长江头'云云，直是古乐府俊语矣。"

薛砺若《宋词通论》："李之仪的词，很隽美俏丽，另具一个独特的风调。他的《卜算子》，写得极质朴精美，宛如《子夜歌》与《古诗十九首》的真挚。"

赏读

李之仪，字端叔，号姑溪居士、姑溪老农。北宋崇宁二年（1103），李之仪被贬太平州。随后，他的儿女与妻子相继去世，事业和家庭都受到了严重的打击。此时，出现了一位女子——杨姝。杨姝是当地的歌妓，李之仪对她一见倾心，这首词便是李之仪写给杨姝的。

这首词以长江水作为线索，串联起真挚感人的爱情，语言平畅自然，句式回环往复，具有强烈的民歌风趣，同时又有小令的清新隽永。上片表达了词人和心上人相隔甚远，一在长江头，一在长江尾，可这江水本就常用作传递感情的意象，这一头一尾中已然蕴含了千头万绪、丝丝情意，成为下文的伏笔。日日相思不得见，但却共饮一条江的水，这和前人所写的“海上生明月，天涯共此时”如出一辙，江水和明月一样，是将远隔之人联系起来的纽带。这流不尽的江水何时能停止？心中的离别之恨又何时能停？相思才会引起离恨，江水不休，离恨不止，暗示相思不停。我既相思难止，自然希望你的心和我的心一样，那我一定不辜负这相思情意。从“思君”，到“共饮”，从“我心”到“君心”，单方面的离恨已经升华为两心相许，期许中流露出词人的无限深情。这首小令语言简白，情思深婉，足称佳作。

鹊桥仙

宋·秦观（1049—1100）

纤云弄巧，飞星传恨，银汉迢迢暗度。金风玉露一相逢，便胜却、人间无数。

柔情似水，佳期如梦，忍顾鹊桥归路。两情若是久长时，又岂在、朝朝暮暮。

| 辑 评 |

［明］李攀龙《草堂诗余隽》："相逢胜人间，会心之语。两情不在朝暮，破格之谈。七夕歌以双星会少别多为恨，独少游此词谓'两情若是久长'二句，最能醒人心目。"

［清］黄苏《蓼园词选》："七夕歌以双星会少别多为恨，少游此词谓两情若是久长，不在朝朝暮暮，所谓化臭腐为神奇。凡咏古题，须独出心裁，此固一定之论。少游以坐党被谪，思君臣际会之难，因托双星以写意，而慕君之念，婉恻缠绵，令人意远矣。"

赏读

秦观，字少游，婉约派代表人物，被称为淮海居士，因所作词句“山抹微云”，又被苏轼称为“山抹微云君”。

《鹊桥仙》是为了歌颂牛郎和织女的爱情故事所谱写的乐曲，秦观的这首《鹊桥仙》通过描写牛郎织女的相会和离别，提炼出了“两情若是久长时，又岂在、朝朝暮暮”的爱情箴言，可谓字字珠玑。

轻巧的云在夜空中变换着不同的形状，流星传递着离人的别恨，银河迢迢，牛郎和织女将悄悄地渡过，这一段景色描写清丽自然，“纤云”“飞星”“银河”，都是为了“金风玉露一相逢”做铺垫。“金风玉露”一词出自李商隐《辛未七夕》：“恐是仙家好别离，故教迢递作佳期。由来碧落银河畔，可要金风玉露时。”“金风”即“秋风”，这金风玉露之夜的美好相逢，只一瞬，就胜过了人间无数的普通爱情。用金风玉露的景色衬托牛郎织女相会的美好，同时也暗示了此次相会如白露般短暂，也正因为短暂，愈显可贵不凡。相见的情意似流水温柔，这相逢却宛若梦中，短暂又梦幻，即将分别，不忍心看那归路，将惜别表现得如此婉转缠绵。本还沉浸于分别的无限惆怅和心酸之中，词人却笔锋一转：若是两情长久，还在乎什么朝夕相伴！“两情若是久长时”对应上片“金风玉露一相逢”，“朝朝暮暮”对应“人间无数”，词人发出感人肺腑的议论，揭示了高尚爱情的真谛，读来余味无穷。

八六子

宋·秦观（1049—1100）

倚危亭，恨如芳草，萋萋刬尽还生。念柳外青骢别后，水边红袂分时，怆然暗惊。

无端天与娉婷，夜月一帘幽梦，春风十里柔情。怎奈向、欢娱渐随流水，素弦声断，翠绡香减，那堪片片飞花弄晚，蒙蒙残雨笼晴。正销凝，黄鹂又啼数声。

|辑 评|

[宋] 洪迈《容斋随笔》："秦少游《八六子》词云：'片片飞花弄晚，蒙蒙残雨笼晴。正销凝，黄鹂又啼数声。'语句清峭，为名流推激。予家旧有建本《兰畹曲集》，载杜牧之一词，但记其末句云：'正销魂，梧桐又移翠阴。'秦公盖效之，似差不及也。"

赏读

这是一首怀念恋人的词作。词人倚靠高亭远眺，看到无边的萋萋芳草，展开了漫漫的思绪。登高怀远，古来有之，因见芳草而引起思念愁绪更是爱情诗歌中常见的写法。而“恨”字，点名了这首词的感情色彩，离恨如芳草，无计消除，思念也如芳草，绵绵无尽。而“刬尽还生”，其中别恨有过之无不及。下文便叙述此恨何故。又是柳下水边的典型离别场景，想起当时分别，至今仍然暗暗惊心，悲怆凄然。“无端”二字用得巧妙，也是点题之语，又多一恨：老天何故给她这娉婷容貌，让我神魂颠倒，若不是此，也不会有今日相思。相处之时夜月春风，以景写情，朦胧甜蜜。然而素弦断，翠绡残，正如此情随流水，人远情散。正当此时，又见那傍晚落花，阴雨连绵，心上也像笼罩了一层阴云，惆怅凄凉。下片字字流露出离恨，用“夜月”“春风”写甜蜜相处，用“素弦”“翠绡”写分别，用“飞花”“残雨”写愁绪，以景衬情，更增离恨。结句也构思巧妙，正因愁绪而凝神销魂，此时窗外却有黄鹂啼叫，把人惊醒，词意出人所料。

这首词的语言独具匠心，清丽工整，意境优美。多用对句，“夜月”两句，“素弦”两句，对仗工整，“柳外青骢”“水边红袂”“飞花弄晚”“残雨笼晴”，又是互文，表现了词人高超的语言技巧，读来感情真挚，语言流利，动人心魄。

浣溪沙·闺情

宋·李清照（1084—1155？）

绣面芙蓉一笑开。斜飞宝鸭衬香腮。眼波才动被人猜。

一面风情深有韵，半笺娇恨寄幽怀。月移花影约重来。

|辑 评|

[元] 杨维祯《东维子集》："近代易安、淑真之流，宣徽词翰，一诗一简，类有动于人。然出于小听挟慧，拘子气习之陋，而未适乎情性之正。"

赏读

李清照，宋代女词人，号易安居士，婉约派代表人物。其词作分为两个阶段：前期生活优渥，与丈夫赵明诚恩爱不移，词作主要描写闲情逸致、儿女情长，风格清丽明快；后期为金兵入关后，李清照南渡，生活颠沛流离，加之丈夫亡故，词作多表现飘零境遇，凄苦伤感。这首词欢快活泼，是她早期的作品。

唐代妇女在额头及脸颊上贴花作为装饰，称为“绣面”，“宝鸭”也是唐代女子的面部装饰物，指钗头像鸭子的头钗。女子脸上贴了荷花样式的绣面，随着笑容绽放了开来，斜斜插着的宝鸭衬着姣好的脸颊。“开”和“飞”两个字，用意精巧，变静为动，让画面灵动起来，人物形象更加鲜活。前两句描写了一位少女的美好容貌，下句开始描写她的神情。“眼波才动被人猜”，仅仅七个字，一位暗恋心上人却又害羞的少女形象便跃然纸上，将少女心中的欢喜、娇羞、惊恐一展无遗。“一面”即为“满脸”，满脸写着爱慕之情，却只将半笺寄出，月上柳梢头时约来相见。这个时期的李清照，对于爱情有美好的期待，也正处于情窦初开的少女时期，她充分发挥女性的优势，以细腻的笔触刻画少女的真实情感，又害羞，又大胆，内心波动，却又要含蓄矜持。这样的作品灵动自然，清丽欢快，让人爱不释手。

钗头凤

宋·陆游(1125—1210)

红酥手，黄縢酒，满城春色宫墙柳。东风恶，欢情薄。一怀愁绪，几年离索。错、错、错。

春如旧，人空瘦，泪痕红浥鲛绡透。桃花落，闲池阁。山盟虽在，锦书难托。莫、莫、莫！

赏读

陆游，字务观，号放翁，南宋时期著名的爱国诗人，仕途坎坷，老年隐居故乡，现存诗歌九千多首，数量庞大。

这首词写于陆游家乡禹迹寺附近的沈园，词人在沈园偶遇唐氏与丈夫同游。陆游与唐氏曾经是感情深厚的夫妻，但因陆游的母亲害怕陆游牵挂于儿女情长，荒废学业，对唐氏产生了反感，棒打鸳鸯，强迫陆游休妻。陆游反抗无果，娶妻王氏，最终唐氏改嫁赵士程。曾经举案齐眉的夫妻再见已是物是人非，陆游内心沉痛感慨，遂作此词题于园壁。唐氏从沈园归至家中后，内心同样无法平静，和了一首《钗头凤（世情薄）》，抒发自离别后的种种心绪。

曾经红润的双手捧着黄縢酒在词人的面前，二人共赏这满城的春色，她仿佛是宫墙那边的垂柳。但春天的风如此可恶无情，将尘世欢愉吹散。离别的几年萧索寂寥，终汇成这满腔愁绪。只能悔恨当初，皆是错了。今日再见到她，还是往日一样的春光，可是人却消瘦了，眼泪打湿了脸上的胭脂，浸透了手帕。桃花静静地落在这庭院里，随着池里的水飘动。曾经的海誓山盟仍然在二人的心里，但是相思和问候的书信

已经无法托付，即使是面对面相见也再难开口了。苦叹无奈，罢了吧！上片先言往昔美景，琴瑟和鸣，后又笔锋陡转，用无情的东风指代拆散二人的外界因素，激烈的转变让情感的发泄更加彻底。

下片则与上片形成鲜明的对比，昔日“红酥手”，如今“人空瘦”,侧面表达出分离给人带来的精神折磨，以及词人面对物是人非时心中的巨大悲恸。那浸透了手帕的眼泪，不只是唐氏心中的悲怨，也让词人感到无比的痛苦。面对此人此景，这首词深刻地表达了词人对于自己情感悲剧的无奈和悔恨。

钗头凤

宋·唐婉（1128—1156）

世情薄，人情恶，雨送黄昏花易落。晓风干，泪痕残。欲笺心事，独语斜阑。难，难，难！

人成各，今非昨，病魂常似秋千索。角声寒，夜阑珊。怕人寻问，咽泪装欢。瞒，瞒，瞒！

赏读

《钗头凤·世情薄》是南宋词人唐婉的作品。据传唐婉与陆游儿时定亲，其后两人结为连理，恩爱有加，无奈陆母从中阻挠将其分离。后两人在沈园偶然相遇，陆游写下了《钗头凤·红酥手》，唐婉和了一首《钗头凤·世情薄》。两人词作分别抒发了自己对对方的深厚情感和凄怨悲凉的内心感受，词风凄婉动人，情致深切。俞平伯著《唐宋词选释》认为此词“当是后人依断句补拟”，可作一说。

上片描述了词人的复杂心境。“世情薄，人情恶”，这是对相爱两人离别的痛楚和对爱情不幸的感叹，更是对世间不公的哀怨。原本情义相通、琴瑟相合的两人为何各居一处，难以相见呢？世情薄凉，是对人生境遇无常，美好时光难留的感叹。人情险恶，是对拆散他们两人的以陆母为代表的封建家族势力和封建礼教思想的批判。据传陆母正是担心唐婉会影响陆游进取功名而执意要将两人拆散。“薄”和“恶”深刻体现了当时的时代背景和词人的不平心声。天色黄昏，风雨欲来，残红凋落，这一句是象征着她自己、也是他们的爱情在外在险恶环境摧残下的凋零。“晓风”一句具体言说自己的深痛情伤，想要寄心事给爱人，

面对着现实的种种阻隔，却只能独自细语，空守阑干。“难，难，难！”三声哀叹，尽显词人内心的沉痛。

下片抒写两人分离后的境遇。人各分散，自居一方，如今的我们还能像过去的那样相互爱恋吗？词人从时间和空间上表述，加深了情感的深度和广度，使得词句的氛围更显深幽凄怨。“病魂常似秋千索”一句可谓神形尽显，饱受相思之苦的人啊，那迷蒙恍惚的身形就好似摇曳的秋千一样，这样的情形，怎能不让人深感怜惜和痛心？而更加使人悲切的是，词人改嫁过后，也再不便表达自己的思念和哀伤了。深秋夜里，角声凄惨，月色阑珊，无尽的哀怨情苦还要担心旁人询问，只能自己咽泪装欢。“瞒，瞒，瞒！”可感情思深重，凄婉悲怆，令人动容。

鹧鸪天·代人赋

宋·辛弃疾（1140—1207）

晚日寒鸦一片愁。柳塘新绿却温柔。若教眼底无离恨，不信人间有白头。

肠已断，泪难收。相思重上小红楼。情知已被山遮断，频倚阑干不自由。

|辑 评|

［清］许昂霄《词综偶评》：“情真景真，与空中语自别。”

俞陛云《唐五代两宋词选释》：“人生容易白头，大抵怨别伤离所致。故下阕言相思不已，重上楼头，明知江上峰青，已曲终人远，而阑干独倚，极目云天，与东坡‘天一方’之歌，同其寓感。”

赏读

辛弃疾，原字坦夫，后改字幼安，号稼轩。南宋豪放派词人，与苏轼合称“苏辛”。

该词以水畔晚景起拍。斜阳古道，寒鸦唔鸣，在整个清冷孤寂的氛围下，是词中人内心的一片离愁。下句画风生变，“柳塘新绿”使得画面染上了一层生机和活力，初春的池塘柳色，枝叶泛青，水波澹澹，天映素妆。“却温柔”，既是柔美的春光在词人心里的内化表现，也是词人对相思女子形象的一种内在感受。词人想起自己思念的那个人，不由在这春景之中感受到了一丝暖意，温柔由此而生。“若教眼底无离恨，不信人间有白头”是词人的一种人生感怀，这是一种假设，倘若人世间没有离愁别恨，又怎会相信这世上还有至死不渝的爱情呢？但这种假设并不成立，只能感慨人事无常，真情难觅。

下片直抒情愁，愁肠已断，情泪难收。“相思重上小红楼”，情人离别，重游故地，触目伤情，眼中所见，尽是记忆里的点点滴滴，然而已无人陪伴。一次次的回望，是不舍，是哀怨，更是情深。最后在高楼之上遥望，远处是青山重重，遮断了有情人的视线，除了能在此自作哀叹之外，心中的这无尽相思能去何处排遣呢？

青玉案·元夕

宋·辛弃疾（1140—1207）

东风夜放花千树。更吹落、星如雨。宝马雕车香满路。凤箫声动，玉壶光转，一夜鱼龙舞。

蛾儿雪柳黄金缕。笑语盈盈暗香去。众里寻他千百度，蓦然回首，那人却在，灯火阑珊处。

|辑评|

[清]彭孙遹《金粟词话》：“‘蓦然回首，那人却在，灯火阑珊处。’秦、周之佳境也。”

[清]谭献《谭评词辨》：“稼轩心胸发其才气，改之而下则扩。起二句赋色瑰异，收处和婉。”

梁令娴《艺蘅馆词选》丙卷：“自怜幽独，伤心人别有怀抱。”

赏读

在众多描绘上元佳节的诗词之中，辛弃疾的这首《青玉案·元夕》可谓当中佼者，虽然依旧是以上文写景，带入下文言意的深刻境界之中，但该词在对人文风貌的描绘和通过画面来传达深沉的意蕴这两方面都有上佳的处理和构造。

上片尽写元夕佳节之景。首句描绘街市上繁盛的灯火景象，“东风”吹开了这夜晚的花树，更吹落了漫天的繁星。“花千树”和“星如雨”都是对整个佳节夜景彩灯纷乱、焰火迷离、星点闪烁的概括性描绘。“花树”是张结在道路两侧、排列在屋檐之下、延绵在视线尽头的灯火。焰火则陪衬着节日里热闹的氛围，人声的喧嚣，飞上静谧深沉的天空，一派火树银花，灯影迷蒙。这一切由“东风”带来之景，均是词人的想象。外围则是一番温馨热闹的节日景象，画面拉近，词人开始描绘街市上具体的游行风光。雕纹罗帐、绮丽华美的车马缓缓行过，耳边伴随着鼓乐的鸣奏，近处是耀眼的灯火，远处是淡淡的月光，夜景里，人们跳起鱼龙灯舞，热闹非凡。通过对这些景象的描绘，词人塑造出了一种繁华兴盛而又静默美好的意境空间，来为下文的写意奠定基调。

下片转向对人的描述。“蛾儿雪柳黄金缕”，这里说的都是古时女子用于装饰的饰品。游行的女子们，一个个穿戴华美，笑语嫣嫣，在她们之中，还散发出一种令人心醉的暗香。然而这些女子，都不是作者所要寻找的人。词人坐在纷纷人群之中不停地寻觅，“千百度”极言其中的漫漫历程，“众里”一句不单令我们切身感受到词人当时所怀的急切心情，还别有一种优美温馨的境界蕴含其中，配合身外的佳节景象，我们能体会出其人内心深处所含有的一种简单的倾慕之心，这种感情不带焦虑，没有目的，更像是一种单纯的对美的追求。末句“蓦然回首”，自己所要寻找的人原来就在那里，似有所待，又仿若处于无物之境。在这一刻，词人积蓄的心情毫无保留地释放出来。前文对夜景佳人的描绘都是为了此刻的相遇，所在灯火阑珊处的，是“寻他千百度”后找到的她。而她所站立的地方，却是阑珊之境，似有似无，如梦似幻，仿佛近在眼前，而又不可靠近，境界实在极妙。

清平乐

宋·辛弃疾（1140—1207）

春宵睡重，梦里还相送。枕畔起寻双玉凤，半日才知是梦。

一从卖翠人还，又无音信经年。却把泪来做水，流也流到伊边。

|辑 评|

［清］周济《宋四家词选目录序论》：“稼轩敛雄心，抗高调，变温婉，成悲凉。”

赏读

辛弃疾虽是豪放派的代表人物，但也有一部分描写男女爱情的婉约小词，这首词就是其中之一。

俗话说“春宵一刻值千金”，如今又是春宵，却是孤枕独眠，梦中送别。“睡重”两字流露出因思念产生的疲惫心情，寻常所见爱情诗歌多梦中相见，此处虽是相见，却是送别，可见分别时的痛苦仍然让女子心绪难平。下文中谈到相别已经数年，而现在却还梦到离别场景，情深至此，令人唏嘘。大概是梦中太过悲痛，以至于梦中惊醒，醒后仍然恍恍惚惚，于枕边寻找当初的信物。“半日”二字表明时间之久，恍惚半晌，未能寻见，才惊觉这又是一场梦。这一连串的动作反应，形象地刻画出一位在深夜思念情人的深闺女子形象，凄惨悲凉跃然纸上。一别后多年没有音信，让人感到心碎难言。既无音讯，无处寻觅，只能让泪水流到对方的身边。最后两句可谓神来之笔，人有多远，泪就有多长，以泪比相思情意，深情有之，感人有之，经年泪水若是汇成河流，大约也能流到他的身边了，虽是夸张，却情真意切，感人肺腑。

鹧鸪天·元夕有所梦

宋·姜夔（1154—1221）

肥水东流无尽期，当初不合种相思。梦中未比丹青见，暗里忽惊山鸟啼。

春未绿，鬓先丝。人间别久不成悲。谁教岁岁红莲夜，两处沈吟各自知。

赏读

姜夔，宋代词人，字尧章，号白石道人，今江西鄱阳人。姜夔早年客居合肥，认识了一对弹琵琶的姐妹，并与其中一位相爱。在姜夔的词中，与这段感情相关的词作多达20余首，可见用情至深，这首词也是其中之一。“肥水”二字告诉我们，这是词人怀念自己在合肥的恋人所作，人世聚散无期，分别多年后，在这一年的元夕之夜，他在梦中见到了思念许久的恋人，却被山鸟的鸣叫所惊醒，于是写下了这首词。

肥水是今安徽合肥境内的一条河流，“肥水东流”，不仅点名了当初相遇的地点，同时隐喻着时光如流水，一去不返。自己同恋人相处的美好时光也如同这奔涌的河流一样，无法回头，别后的相思也像这滔滔不尽的流水，看不到尽头。仅一句话，便将相思和追悔的情绪尽数表露，继而感到悔恨：当初不该使这相思的源头生发。“种”字用得巧妙，有因才有果，如今这般彻骨相思，正是当初相识相恋之果。梦中所见伊人面孔，竟还不如丹青图画清晰，已是遗憾。偏偏那山鸟惊人，扰人好梦，连这模糊的印象都不肯让人留下，无尽惆怅展露开来。

下片写梦醒时分。春天还没有到，鬓发已经花白，

春天和鬓发看似无关，却见词人婉转情思，还没有来得及欣赏春色，自己却已经蹉跎老去，对应上片中所抒发出的遗憾感情，愈显悲凉。“人间别久不成悲”之句，将这种悲凉感情描绘到了极致，分别多年，词人辗转于红尘之中，心中痛楚从刻骨铭心到渐渐麻木，已经不知悲为何味，平静的表面下，实则是埋藏于心底的巨大哀痛。若不是此，又怎么会在元夕之夜梦到久别的恋人？“红莲”指元宵节的花灯，这里点题，“谁教”二字流露出词人的不甘、怨恨，恨有情人不能相伴，恨相思之情不能停歇，岂止是“岁岁红莲夜”，分明是日日夜夜的两处相思。本篇虽然是一首描写男女恋情的词，但是遣词造句趋于清丽刚健，淳朴自然，尤其最后两句的虚写，空灵蕴藉，耐人寻味。

蝶恋花·春暮

宋·李冠（？）

遥夜亭皋闲信步。才过清明，渐觉伤春暮。数点雨声风约住。朦胧淡月云来去。

桃杏依稀香暗度。谁在秋千，笑里轻轻语。一寸相思千万绪。人间没个安排处。

| 辑 评 |

[明]沈际飞《草堂诗余正集》:“(‘数点雨声’二句）雨句，片时佳景，两语得之。”

[清]沈谦《填词杂说》:“‘红杏枝头春意闹’‘云破月来花弄影’俱不及‘数点雨声风约住。朦胧淡月云来去’。”

赏读

李冠，字世英，生卒年不详，约宋真宗天禧中前后在世。此篇《蝶恋花·春暮》抒写了词人感伤春景，念怀相思，苦情难述的内心世界。一说为李煜作。

开篇直写词中人所遇所感。长夜里，词中人在亭台上独自散步。“闲信步”点染出一份悠然闲适的心境，也从侧面表现出词中人内心的不安定。如此春夜，水畔晚景，其人在此闲留，正是追求一种内心的平静。然而目光所至，一派清明景色，不禁令人感时伤春。而下收笔，转入景观描绘。清雨点点，时落时息，配合湖畔夜景，渲染出一种零落凄清之美。微雨伴着轻风，缠绵交错而又清丽婉约。下句“朦胧淡月云来去”也是相同境界，天深云散，淡月朦胧，黯黯光影之中云雾来去，实则是比喻词中人惆怅不绝的心境。

“桃杏依稀香暗度”，“桃杏依稀”即是时节描绘，也象征其人对青春年华、人间真情的感化之物。美丽的女子，美好的时光，不管这是一种幻想还是对往日的追思，如今都只是依稀之物。“香暗度”，正是沉香暗度，不留踪影，对爱情、美好际遇的向往引发了词中人的无限感慨。下句直表情思所寄，是谁在秋千上淡香轻摆，笑语盈盈？无奈只是虚幻，结作一寸相思，万般情愁。这世间的春江花月，何处能载走我这无限情深呢？这首词词句清雅通达，抒情深刻真挚。

摸鱼儿·雁丘词

金·元好问（1190—1257）

乙丑岁赴试并州，道逢捕雁者云："今旦获一雁，杀之矣。其脱网者悲鸣不能去，竟自投于地而死。"予因买得之，葬之汾水之上，垒石为识，号曰"雁丘"。同行者多为赋诗，予亦有《雁丘词》。旧所作无宫商，今改定之。

问世间，情为何物，直教生死相许？天南地北双飞客，老翅几回寒暑。欢乐趣，离别苦，就中更有痴儿女。君应有语：渺万里层云，千山暮雪，只影向谁去？

横汾路，寂寞当年箫鼓，荒烟依旧平楚。招魂楚些何嗟及，山鬼暗啼风雨。天也妒，未信与，莺儿燕子俱黄土。千秋万古，为留待骚人，狂歌痛饮，来访雁丘处。

| 辑 评 |

［清］顾嗣立《元诗选》:“先生天才清赡，邃婉高古，沈郁太和，力出意外。巧缛而不见斧凿，新丽而绝去浮靡。杂弄金碧，糅饰丹素，奇芬异彩，动荡心魄。”

|赏读|

元好问，金末文学家，字裕之，号遗山，世称遗山先生，今山西忻州人。幼时聪慧过人，被称为神童，晚年隐居在家。

这首词写于词人应试途中，在元好问赴并州应试的路上，一位捕雁人向他讲述了一对大雁的故事。两只大雁在天空中比翼双飞，其中一只被捕杀后，另一只盘旋在空中悲鸣不肯离去，最终竟是以头撞地而死。词人被大雁的生死相随所感动，便买下了这两只大雁，安葬在汾水之泮，并把坟墓命名为“雁丘”，写了这一首《雁丘词》。本篇名为咏物，实为咏情，将双雁之间的感情写得震撼动人，写情之语雄浑淳朴，传诵千古。

起笔“问世间”三个字，气势雄浑，境界开阔，“情为何物”？向这广阔天地寻求答案，而“直教生死相许”更是让人振聋发聩。生死相许既是题面，又是答案，能让人生死相许的究竟是何种感情，而这种感情也正是给人以生死相许的勇气和动力之源。下文用大雁的生活为此作答：天南地北相伴，几回寒暑，生老病死，不离不弃。这不仅是双飞大雁的生活，更是世间千万有情之人的真实写照，不论是相聚的欢乐还是离别的痛苦，相濡以沫的生活中，总是有为情而痴之人。词人写下此句时，心中不仅是哀怨，更有感叹。“君”指的是殉情的大雁，这只大雁心中大概是这样想的吧：痛失同伴，看着万里层云，天高地阔，千山难过，暮雪挡关，独自一雁，怎堪坚持？为谁而活？这不正似人世间分离的有情人，心失所爱，人生之路便变得漫长而又艰险，纵有风情万种，也无心欣赏。能如此设身处地地描写出大雁的心理活动，词人必是有深切体验。“横汾路，寂寞当年箫鼓，荒烟依旧平楚”，昔年汉武帝巡幸汾河一带，箫鼓喧天，热闹非凡，如今却荒烟四起，萧条寂寞。汉武帝已经消失在历史的尘埃中，招魂也没有什么用处，只有山鬼还在风雨中啼哭。这里用历史的变迁表明人世间的热闹喧嚣终将烟消云散，帝王也抵御不了历史的尘埃，虽然上天也感到嫉妒，莺莺燕燕也会化为尘土，然而生死相许的深情却将永存。故有这雁丘，留待后人祭奠。

元好问将爱情置于广阔的时空中，用历史验证真情永存，笔力雄浑，虽是写情，却一反委婉之风，用豪放的语言将爱情表现得淳朴深厚。对于爱情的感悟更是超出常人，蕴藉深远，值得品味。

鹧鸪天

金·元好问（1190—1257）

候馆灯昏雨送凉，小楼人静月侵床。多情却被无情恼，今夜还如昨夜长。

金屋暖，玉炉香。春风都属富家郎。西园何限相思树，辛苦梅花候海棠。

赏读

这是一首描写相思的词，“候馆”指外出的行人所居的旅社，可见词人写这首词时正是客居他乡。一个客居之夜，风雨交加，袭来阵阵凉意。词人独居在这小楼上，夜阑人静，月光照在床上，寒意侵人。客居本就易引起人的离愁别绪，更那堪风雨之夜。月亮虽是美好的意象，但在孤独的人眼里，这月光却让人感到寒冷，雨凉心更凉。“多情却被无情恼”出自苏轼《蝶恋花》，“今夜还如昨夜长”出自贺铸《采桑子》，元好问将这两句词巧妙地连在一起，虽各出自不同的词，却巧妙地形成了工整的对仗，可见元好问深厚的文学积累。多情的人总是被这本来无情的风雨明月所扰，扰动自己的心弦，勾起无尽相思。因着这相思，这夜晚变得越来越长，由此可知词人是夜夜相思，愈加情切，所以才觉得这夜晚更长了。

“金屋暖，玉炉香”，此句和上片的风雨情景形成鲜明的对比。春风暗指情人相守，有情人终成眷属总是那富家子弟的故事，和自己毫无关系。末句用梅花和海棠比喻自己的感情遭遇，梅花盛开于寒冬，而海棠盛开于春天，词人在夜深寒冷中苦苦相思，盼望相见，正如那梅花坚持过寒冷的冬季，想要见到春天开放的海棠。而海棠开放时，梅花早已凋零，故言“辛苦”。苦苦相思却无结果，词人的感情始终见不到春天，词人通过比喻将这份凄凉和孤独表现得更甚。整首词在语言上质朴清新，“金屋暖”三句具有民谣意趣，营造了语浅情深的效果。

忆少年

清·朱彝尊（1629—1709）

飞花时节，垂杨巷陌，东风庭院。重帘尚如昔，但窥帘人远。

叶底歌莺梁上燕，一声声，伴人幽怨。相思了无益，悔当初相见。

|辑 评|

［清］陈廷焯《白雨斋词话》：“竹垞词疏中有密，独出冠时，微少沉厚之意。”

赏读

朱彝尊，清代诗人，藏书家，字锡鬯，号竹垞，今浙江嘉兴人。

这首词可以说是以乐景写哀情的典型。春风入庭院，正是垂杨飞花的好时节。整首词虽围绕春天的景物展开，抒发的却是伤感之情。上片中的窥帘人便是整首词的中心人物，“重帘”两句可以看出，词人与情人的相识也是在这样的春色中，飞花满天，重帘叠幔。“窥”字生动地重现了当时的情景，表现了人物的羞涩可爱。如今春光如旧，但人已不在，颇有“去年今日此门中”的诗情。空空飘荡的亶帘更是衬托了词人此刻的孤寂。

下片接着描写眼前春色，黄莺在亶重叠叠的树叶间鸣叫，叫声婉转如歌，房梁上有双栖的燕子，一声声的鸣叫陪伴着幽怨的人。鸟兽无情，但此时不住鸣叫的莺燕却仿佛通了人性一样，陪伴着词人，反衬出孤单一人的哀怨。声声鸣啼在心间，让人感到更加烦乱。写到最后，词人终于明白相思无益，即便相思入骨，也难以相见，只是徒增烦恼哀伤罢了。只能后悔当初的相见，如若当初未相识，此刻便不会相思。此处化用了李商隐的诗“直道相思了无益，未妨惆怅是清狂”，真切地表现了一位相思之人的内心活动，情思缠绵。

浣溪沙

清·纳兰性德（1655—1685）

谁念西风独自凉，萧萧黄叶闭疏窗，沉思往事立残阳。

被酒莫惊春睡重，赌书消得泼茶香，当时只道是寻常。

|辑 评|

[清]况周颐《蕙风词话》:“黄东浦……《眼儿媚》云:‘当时不道春无价，幽梦费重寻。’此等语非深于词不能道，所谓词心也。……纳兰容若《浣溪沙》云:‘被酒莫惊春睡重，赌书消得泼茶香，当时只道是寻常。’即东甫《眼儿媚》句意。酒中茶半，前事伶俜，皆梦痕耳。”

赏读

纳兰性德，清代词人，字容若，号楞伽山人，是清代大学士纳兰明珠长子，自幼好学，18岁时成为举人。后与朋友喝酒，醉酒后一病不起，年仅30岁的纳兰就此病逝。

纳兰性德有妻子卢氏，二人情投意合，恩爱有加，然而结婚仅仅三年，卢氏便不幸病故。卢氏亡后，纳兰性德悲痛欲绝，写下了许多悼亡卢氏的词，这首词便是他怀念卢氏时所写。上片写眼前场景，引出下文的回忆。此时正是深秋，“自古逢秋悲寂寥”，词人也不例外，西风萧瑟，词人独自一人在寒风中感到阵阵凉意，心中凄然想到：谁来挂念在寒风中的人呢？既是“独自凉”，又何来“谁念”，这一句明知故问，却是充满了悲痛失望，令人唏嘘。秋风起，黄叶落，寒叶飘零中词人只好关上窗户，“疏窗”二字又添萧疏寂寥之感，窗前长久只有一人，此时这形单影只之人正站在残阳中沉思往事。“西风”“黄叶”“疏窗”“残阳”，连用四个秋天的典型意象，营造出了一个悲凉的意境，对词人的凄凉心情极加渲染，感人至深。

“沉思”一句为过渡句，连接起下片对于往事的回忆。词人在春天喝醉了酒，昏昏沉沉地睡着了，妻子

卢氏便小心翼翼，生怕惊醒了自己。清代词人李清照曾与丈夫赵明诚赌书作乐，自己和妻子卢氏也是这样，以至于那茶泼撒出来散发出茶香。这都是二人夫妻生活中的场景片段，如今回忆起来，竟是让人心碎！这种种画面、种种细节，无一不是妻子温婉可人的表现，如今却阴阳两隔，可笑当时只觉得这是寻常生活，不加珍惜。最后一句“当时只道是寻常”字字泣血,无奈、悔恨、痛心，没有词能完全概括出这其中的复杂感情，读来只是让人觉得心下怆然，为纳兰、为卢氏，感到哀怨惋惜。上片触景生情，哀情哀景互为映衬，下片以生活片段写往事难追，看似“寻常”之语，却让人难以平静。

蝶恋花

清·纳兰性德（1655—1685）

辛苦最怜天上月，一昔如环，昔昔都成玦。若似月轮终皎洁，不辞冰雪为卿热。

无那尘缘容易绝，燕子依然，软踏帘钩说。唱罢秋坟愁未歇，春丛认取双栖蝶。

| 辑 评 |

吴世昌《词林新话》:“容若《蝶恋花》:‘辛苦最怜天上月，一昔如环，昔昔都成玦。若似月轮终皎洁，不辞冰雪为卿热。无那尘缘容易绝，燕子依然，软踏帘钩说。唱罢秋坟愁未歇，春丛认取双栖蝶。’此亦悼词。‘昔’即‘夕’字，见《左传》。”

赏读

这首词也是纳兰怀念去世的妻子所作。首句以月喻人，天上的月亮大概是最辛苦的了，辛苦得让人怜爱，一个月里只得一次月圆，其余日日都像是不完整的玉。这“一昔”和“昔昔”相对，让人感到心痛。将天上月与有情人相比，怜的既是月也是人，正所谓“人有悲欢离合，月有阴晴圆缺”，有情之人如纳兰，又何尝不是如同这月亮，相聚难，相别久。若自己能像月亮那样终年皎洁明亮，我将不辞辛苦，踏冰冒雪，只为用自己温暖你。“若似”句出自荀粲的典故，《世说新语》记载，荀粲的妻子在冬天生病发热，他便脱去衣服站在冰天雪地里，等自己的身体变得冰冷后，用自己的身体为妻子降温。词人借用荀粲的典故，表现出了满腔的深情。

然而造化弄人，卢氏和纳兰仅仅相伴三年便因病逝世，下片极言无奈与悲痛。“尘缘容易绝”指自己和妻子死别，而燕子却还双双在帘上呢喃，反衬出未亡人的孤苦寂寞。面对着秋天的坟墓，词人长叹一曲，挽歌唱罢而愁绪难消，只愿自己能和亡妻双双化蝶，在春天的花丛相伴。词人从秋天写到春天，抒发了无尽的哀怨，用了“化蝶”的典故，表达了生死相随的愿望。上片用月喻人，写自己对爱情的忠贞，下片用“双栖蝶”喻人，写自己对爱人的不离不弃，意境凄美，感情真挚。

图书在版编目（CIP）数据

小磨诗坊. 爱情 / 王兆鹏丛书主编；陈紫茜本册主编. -- 武汉：崇文书局, 2019.1（2021.8重印）

ISBN 978-7-5403-5103-8

Ⅰ. ①小… Ⅱ. ①王… ②陈… Ⅲ. ①古典诗歌—诗集—中国 Ⅳ. ①I222

中国版本图书馆CIP数据核字(2018)第161258号

小磨诗坊·爱情

责任编辑 程可嘉
装帧设计 黄 彦 杨 艳
出版发行 长江出版传媒 | 崇 文 书 局
业务电话 027-87293001
印　　刷 湖北画中画印刷有限公司
版　　次 2019年1月第1版
印　　次 2021年8月第2次印刷
开　　本 787×1092 1/32
印　　张 8
定　　价 39.00元

本书如有印装质量问题，可向承印厂调换